Eveli Mani

SALE
oder
DER PARTNERAUSVERKAUF

Roman

D1662925

edition
nove

Für die Bücher in der deutschen Sprache
© 2009 edition nove, Neckenmarkt

Printed in the European Union
ISBN 978-3-85251-640-0

Gedruckt auf umweltfreundlichem, chlor- und säurefrei gebleichtem Papier.

www.editionnove.de

Wow, von 75 Männern kann ich mir nun einen aussuchen.

Allesamt vorgeschlagen von einem Partnerschaftsvermittlungsinstitut.

Eigentlich kann ich mir sogar mehrere davon nehmen.

Ablaufdatum haben sie allerdings alle schon darauf.

So wie ich eben selber auch.

Sie sind also ungefähr 53 bis 56 Jahre alt.

Und da wird automatisch schon immer ein Ablaufdatum auf die Bodenseite gedruckt.

Ablaufdatum siehe Bodenseite heißt es dann etwas unklar deklariert.

Unklar deshalb, weil man dies zwischen den Zeilen herauslesen muss.

Das Alter habe ich exakt und ehrlich eingegeben, sowohl das eigene als auch das aus der Verkaufsabteilung von mir gewünschte.

Man kann das sehr genau in diesem Dating-System angeben und in seine Profilwünsche ganz präzise eintragen.

Ich muss zugeben, mit dem Alter hatte ich ein bisschen hin- und herjongliert, weiß ich doch bislang aus eigener Erfahrung, dass mir etwas jüngere Männer durchaus liegen.

Aber dann hatten meine rationalen Überlegungen gesiegt.

Ungefähr so alt wie ich sollte er deshalb sein.

Der Herr der Konversation.

Naja, ein eventuell etwas weniger durchgescheuerter wäre natürlich auch nicht schlecht.

Aber was soll's.

Die wenigsten Männer wollen auch wirklich eine ältere Frau als sie selber es sind.

Und in diversen Verbraucherzeitschriften wird man in derlei Belangen zudem ebenso nicht ausreichend unterstützt.

Zumindest ist mir ein solches Kapitel noch nicht in meine lesehungrigen Hände gelangt.

Da muss man schon selber darauf kommen, wie der Hase läuft.

Und wo dann der eine wie der andere Schuh drückt.

Oder der Hase sozusagen dann auf einmal einen Haken schlägt.

Und deshalb hat die Ratio, wie gesagt, in dieser Thematik gesiegt.

Lieber einen etwas abgewetzten Lumpen als gar keinen.

So habe ich mir jedenfalls gedacht.

Das Wort Lumpen natürlich von der Kleidung her abgeleitet, was umgangssprachlich ausgedrückt extrem abgetragene Kleidungsstücke bezeichnet.

Meine damit keinerlei Haderlumpen.

Das wäre völlig falsch interpretiert!

Aber ich stelle fest:

Sale.

99% wollen keine ältere Frau.

Lieber eine Hose mit ausgefransten Nähten, sage ich mir also, als eine weniger ramponierte, denn die musst du womöglich über kurz oder lang erst recht wieder hergeben.

Sale.

Da bin ich mir zu 100% sicher.

Einen Lumpen, einen Haderlumpen vielleicht in diesem speziellen Fall sogar, der dann wieder weitergetragen wird.

Könnte ja sein.

Ein Second–Hand-Shop-Stück zum Quadrat wäre das dann eventuell sogar.

Klingt nicht sehr ideal.

Sale.

Zu 100% naturbelassen wäre ganz gut.

Nicht zu sehr künstlich.

Nicht allzu extrem synthetisch.

Baumwolle vielleicht.

Oder was noch wesentlich cooler wäre … aus reiner Seide.

Oh, herrlich.

Ja, einen Lumpen aus reiner Seide, das wäre mir recht.

Weich, zart, anschmiegsam.

Ein Lump vielleicht, der sich außerdem nicht lumpen lassen wollte.

Ein Kleidungsstück, das du vielleicht nur kurz ansehen und gar nicht auf deiner Haut würdest tragen dürfen?

Nein, so habe ich das auch wiederum nicht gemeint.

Nein, dann lieber nicht aus Seide.

Vielleicht aus Schafwolle?

In männliches Schaf gehüllt?

Im Sommer zu heiß?

Könnte sein.

Oder ein Wolf im Schafspelz?

Könnte auch sein.

Oder aber lammfromm?

Was sollte man damit?

Oder einen mit einem Lämmergeier?

Diesen Ausdruck kennst du nicht?

Ja, dann wäre ein Dialekt-Sprachkurs angesagt!

Naja, wie dem auch sei.

Sale.

Du kannst auch sonst nicht alles Mögliche zusammenkaufen.

Auch wenn die Dinge noch so billig sind.

Also was soll das mit den vielen Wunschträumen?

Und mit deinen Ängsten.

Und Vermutungen.

Sei ein bisschen realistisch!

Und schau einmal, was überhaupt am Markt erhältlich ist!

Sale.

Die Größe muss auf alle Fälle stimmen.

Das werde ich wohl einfordern dürfen!

Oder nicht?

Die Größe muss ja auf alle Fälle passen!

Was mache ich mit einem zu kleinen, zu engen?

Was tue ich mit einem zu großen, schlapprigen?

Nicht zu klein und natürlich auch nicht zu groß müsste er sein.

Mit einem Wort, wie angegossen sollte er sich anfühlen.

Das Hautgefühl müsste also auf alle Fälle stimmen.

Kein Kratzen.

And so on.

Sale.

Gut gemacht, kann ich mich nur im Nachhinein selber loben.

Die Alterseingrenzung ist dir da optimal gelungen!

Denn so der eine wie der andere, dem ich in seiner Ausverkaufsliste angezeigt worden war, hatte dann in weiterer Folge keinerlei Hehl daraus gemacht, sich eigentlich eine 28-Jährige wünschen zu wollen.

Eine, die ihm noch Kinder würde schenken können, obwohl die eigenen Enkel schon die Schule besuchen.

Wie sich das in der Tatsächlichkeit dann macht, davon haben die wenigsten von diesen Träumern wahrscheinlich wirklich ein reales Bild vor Augen.

So denke ich halt.

Mit 55 noch tagtäglich ohrenbetäubendes Kindergeplärr?

Und eine Freundin, die dann doch von Zeit zu Zeit lieber in der Disco verschwindet?

Naja, es gibt viele Möglichkeiten, sich dem ständigen Älterwerden entgegenstellen zu wollen.

Oder möchten diese Businessmänner jetzt nachholen, was sie bei ihrer ersten Garnitur an Kindern aufgrund ihrer Karriere verabsäumt haben?

Maybe.

But, that's not my problem.

Sale.

Ich kenne zumindest auch meine Einkaufsbedingungen. Zu 98%.

Und weiß mittlerweile, wie groß mein Einkaufskorb beladen werden darf, um ihn auch meinerseits tragen zu können.

Sale.

Haus, Auto, Kinder fallen als Grundvoraussetzung zu 100% für etwaige Neueinstiege jedenfalls weg, denn damit bin ich mittlerweile ausreichend versorgt.

Sale.

Zu einem recht hohen Prozentsatz möchte ich dahingegen meine Reise- , Wander- und Tanzleidenschaft abgedeckt sehen, meine sprachliche Lernfreudigkeit und meine Autorentätigkeit verankert wissen, nebst Verständnis, Toleranz, Zärtlichkeit und Liebe natürlich.

Mein Problem ist momentan, und dabei ist es nicht einmal ein Problem im eigentlichen Sinn, sondern eines, das man durchaus zu bewältigen in der Lage sein kann, wenn die Ratio insofern noch richtig funktioniert, dass man die zum eigenen Profil als passend vorgeschlagenen Herren nun auch noch kontaktieren muss.

Dazu sollte man eben die 75 mir angebotenen Profile alle durchlesen.

Nicht nur durchlesen sollte man sie - nein besser noch - studieren müsste man dieses breite Spektrum.

Und das kostet kostbare Zeit.

Lebenszeit.

Dabei muss man damit in meinem Alter schon ein bisschen sorgfältiger umgehen.

Nichts vergeuden.

Nichts verschütten.

Nichts verkleckern.

Und dann sitzt du stundenlang vor diesem idiotischen Notebook und liest dir den sechzigsten Herrn gerade durch:

Chiffrenummer/ Matchingpunkte/ Beruf/ Alter/ Religion/ Letzter Login/ Status/ Familienstand/ Berufsgruppe/ Beruf/ Ausbildung/ Abgeschlossener Studiengang/ Besuchte Universitäten/ Akad. Grad/ Kinder/ Raucher/ Bevorzugte Zeitungen/ Bevorzugte Jahreszeit/ Bevorzugte Wohnsituation/ Bevorzugte Küche/ Lieblingsurlaube/ Bevorzugte Freizeitbeschäftigungen/ Hobbys/ Bevorzugte Sportarten/ Musikgeschmack/ Haustiere, die er mag/ Größe/ Figur/ Haarfarbe/ Statement über sein Äußeres/ Sternzeichen.

Dann folgen einige Antworten, die der jeweilige Herr auf gewisse vom Computer gestellte Fragen beantwortet hat.

Hernach kann man sich eine ganze Seite durchlesen, die den Titel „Er über sich" trägt.

Weiters sind dem Konsumenten seitenweise Diagramme zur Einsicht gewährt, worin man Persönlichkeitsgegenüberstellungen mit den eigenen Daten auf allen Ebenen recherchieren kann.

Sale.

Als Zahlungswährung werden bis zu 90% Matchingpunkte angenommen, fallweise werden allerdings auch Differenzbeträge, die man unter dem Sammelnamen Schicksal kennt, verwendet.

Sale.

Ein wahrer Ausverkaufswahnsinn!

Du kannst hin- und hergustieren, dass es eine wahre Freude ist.

Was aber spätestens nach dem dritten Herrn bereits nicht mehr wirklich Spaß macht.

Zu 100% investierst du da jedenfalls deine kostbare Lebensenergie!

Sale.

Schnäppchen ohne Ende!

Geschiedene massenhaft billigst abzugeben!

Getrennt Lebende in der Anti-Depressions-Abteilung zu erwerben!

Verwitwete als wahre Verkaufszuckerln in einem kleinen Körbchen kurz vor der Kassa abzuholen!

Sale.

Unvergleichbar aufwändiger diese Art des Selektierens als sich Schuhe und Kleider während des allgemein gültigen Ausverkaufs anzusehen, zu probieren und die Waren nach Tauglichkeit einordnen zu müssen.

Unvergleichbar zeitraubender, als wenn du dir einen neuen Kühlschrank oder ein neues Fernsehgerät anschaffen möchtest!

Sale.

Fairerweise muss ich sagen und will dies auch in der Weise beurteilt wissen: hier handelt es sich um eine recht seriöse Möglichkeit, mit Gleichgesinnten in Kontakt treten zu können.

Ausverkauf hin, Sale her.

Man kann sich ja schließlich und endlich nicht eine Tafel umhängen, die einen fortan als Single-Frau, als die man bis ans Lebensende auch nicht unbedingt bleiben möchte, ausweist.

Und in einer Gaststätte erhältst du vielleicht auch nur ein ähnliches Modell, das du bereits ein Leben lang ertragen hattest müssen.

Eines, das sich mehr in Wirtshäusern zu Hause fühlt als bei dir.

Sale.

Also doch gut, dass es dieses Auswahlsystem gibt.

Du darfst das wirklich nicht alles so ins Lächerliche ziehen, sage ich dann doch ein bisschen streng zu mir.

Da ist es gut, wenn man daran gewöhnt ist, am Arbeitsplatz in der Schule sich an etwas Autorität orientieren zu können und einmal auch ein bisschen streng zu sich selbst sein zu wollen.

Aber ich muss dann doch etwas schmunzeln über meine derzeit von mir eingeschlagene Partnerschaftsgebarung, denn das mit dem Humor, der dann trotzdem lacht, ist schon auch ein bisschen das Meine.

Sale.

Und was steht nun bei dem Einzelnen in seinem Portrait?

Vorerst sind es die Matchingpunkte, die sowohl als Zahlungsmittel fungieren, als auch so etwas wie die Kleidergröße darstellen.

Praktisch.

Wirklich praktisch haben sich die das ausgedacht.
Denn diese Punkteanzahl zeigt dir, wie hoch die Pass-
fähigkeit des zu erwerbenden Gebrauchsgutes mit den
eigenen Vorlieben, Hobbys und den Wunschvorstel-
lungen, was Haus und Hof und Essgewohnheiten an-
langt, harmonieren.
Sale. Achtung! Achtung!
60% des Lebens bereits gelebt.
Das steht bei allen mehr oder weniger zwischen den
Zeilen.
Sale.
Mühevoll, kann ich nur sagen, ist dann ebenfalls das
Durchchecken aller vom Dating-System Empfohle-
nen, von denen auch ganz plötzlich eine große Anzahl
täglich in deinem Outlook aufscheint.
Sale.
Einen gebrauchten Kleinwagen zu erwerben, ist an-
gesichts dieses aufwändig ausgeführten Personalien-
Checks ein Kinderspiel.
Auch wenn ich zugeben muss, dass ich von großen
wie auch von kleinen Autos herzlich wenig verstehe.
Aber es ist tausendmal einfacher.
Ganz bestimmt.
Das kann ich hier nun am eigenen Leib verspüren.
Sale.
Bis zu 80% desillusioniert.
Alle mitsamt diesbezüglich ein bisschen als abgegriffe-
ne Ware zu bezeichnen.
Emotional gesehen.
Der eine geschieden.
Mehr oder weniger noch mit seiner Trauerarbeit be-
schäftigt.
Der andere getrennt lebend.
Was immer man da hineininterpretieren mag.

Wenige, so wie ich, verwitwet.

Die haben vielleicht noch das Gefühl, dass Partnerschaft lebbar sein kann.

Oder auch nicht?

Sale.

60% vorhergesagte Chancen auf ein Zustandekommen einer Partnerschaft.

Ob das lediglich leere Versprechungen sind?

Naja, eigentlich sind es ja keine Versprechungen.

Es handelt sich wohl eher um eine In-Aussicht-Stellung.

Ein bisschen höher der Prozentsatz wahrscheinlich allerdings doch, denke ich mir, als wenn man weiterhin darauf vertrauen wolle, beim Großmarkt um die Ecke oder bei irgendeinem Volks-Event im eigenen Ort eines neuen Partners fündig werden zu können.

Naja, wie gesagt, ein Ausverkauf der besonderen Art.

Ob ich dem Ganzen gewachsen sein würde?

I do'nt know.

By the way, I only wanted to correspond in English.

Ja, genau.

Eigentlich war das der Grund.

Immer und ewig hege ich nun schon den Wunsch, per Briefwechsel meine mageren Englischkenntnisse verbessern zu wollen.

Und da dies in der heutigen Zeit wesentlich leichter per Internet möglich ist, machte ich mich darin auf die Suche.

Und nun bin ich doch tatsächlich in einer Sale-Partnerschafts-Agentur gelandet.

Hatte vorerst nur Jugendliche für meine Korrespondenz gefunden.

Hatte dann auch angegeben, dass ich ebenso mit einer Frau würde mailen wollen.

Alles erfolglos.

Aber dieses, nur mit elitären Männern und Frauen ausgestattete, Partnerschaftsinstitut wollte es mir möglich machen.

Hatte mir versichert, meinen sehnsüchtigen Wünschen nach English-lessons entgegenkommen zu wollen.

Dazu vermittelten sie mir zuallererst einen Franzosen.

Was sollte ich nun mit dem?

Verstehe außer bon jour und je'taime nicht ein einziges französisches Wort!

Doch, Jerome!

Käse.

Alles Käse?

Kismet, sagte ich da lediglich zu mir.

Dann bist du halt weiterhin auf deine Lernkassetten angewiesen.

Auch wenn dir dabei die ewiglange Entspannungsmusik vor jedem kleinsten Absatz ganz gehörig auf den Geist geht.

Was sollte ich tatsächlich dagegen tun?

Immer das Beste aus der Situation machen.

Das hat mich nicht nur meine Mutter, das hat mich auch schon das Leben gelehrt.

Naja, bezahlt hast du schließlich und endlich auch bereits dafür.

Das muss man nämlich im Vorfeld.

Denn ohne Geld auch hier keine Musik, wie es so schön heißt.

Nun suchst du dir halt eben einen Mann!

Sale.

80% der Registrierten sind Akademiker.

Wird wohl so sein, dass der eine wie der andere in der Lage sein wird, mit dir auf Englisch quatschen zu wollen?

Eine wie ich gibt nicht so schnell auf.

Na, wir werden sehen, was wir sehen werden.

Auch so ein beliebter Ausspruch meines Vaters.

Irgendwie kommen die alten Prägungen immer wieder durch, denke ich mir dann noch weiter.

Dem Ganzen kann man aber nicht vorgreifen und so verschicke ich Grüße aus der Steiermark an den einen wie den anderen Herrn aus diesem System.

Sie alle sollen wissen, besonders die aus der Schweiz und aus Norddeutschland, dass das „Schätzelein" wohl von sehr weit her ist.

Einige tun sehr höflich ihre Meinung kund.

Und das heißt im Klartext, dass sie an einer so weit entfernten Frau nicht weiter interessiert sind.

English-lessons inklusive.

Sale.

Nur 10% sind aus Österreich.

Und meistens finde ich sie als „athletisch-sportlich" oder unter der Rubrik „ein paar Pfunde zu viel", was mich auch nicht besonders antörnt, zumal einem der Blick auf ein Foto meistens verwehrt bleibt und dies für mich eine Tatsache darstellt, in weiterer Folge ein sofortiges „Stop" einzulegen.

Da ist es schade um jede nutzlos vergeudete Energie, sage ich mir.

Jetzt brauchst du ohnehin schon so lange bei der Suche in dieser Wühlkiste.

Dann wird wohl bei der weiteren Vorgangsweise Effizienz angesagt sein!

Und Geduld.

So denke ich mir halt.

Und dabei bin ich dann sehr konsequent.

Auch als ich Tage auf meine erste Antwortmail warten muss.

Ein paar Wochen sind es eigentlich sogar.

Aber ich habe keine Eile.

Für ein halbes Jahr habe ich im Voraus bezahlt.

Also, was soll's.

Und dann.

Plötzlich.

Mein Herz klopft.

Freuen Sie sich auf eine Mail, heißt es da auf einmal in meinem Outlook.

Also, rasch, rasch.

Klick, klick, klick.

Login : XXXXXX

Und los geht's.

Ja, diesmal klappt es.

Auf meine Anfrage-E-Mail, welche folgendermaßen gelautet hatte:

" .... herzliche Grüße aus der Steiermark .... Sissi .... " habe ich Antwort erhalten.

Noch schnell das Profil dieses Herren durchgelesen: Manager ... ja, passt ... 56 Jahre ... ja, passt auch ... ge-trennt lebend ... naja, ist auch egal ... möchte sowieso nur auf Englisch Konversation betreiben ... ein Kind ... teilweise im Haus ... ja, ist auch egal ... naja, ist sogar recht gut, wenn er ein Kind hat, so haben wir eventuell noch einen weiteren Gesprächsstoff ...

et cetera ... Lieblingsbuch: „Homo Faber" von Max Frisch ... ich selbst habe von Max Frisch einmal „den andorranischen Juden" gelesen ... ja, werde ich mir von der Bücherei holen ... den „Homo Faber" ... dass ich Bescheid weiß ... dann schreibt dieser Herr Mana-ger noch weiter in seiner eigenen Beschreibung, dass er sehr intelligent sei .... uh .... was soll denn das? .... bin ich ihm dann vielleicht zu blöd??? ...

so schießen bei mir alle möglichen Gedanken kreuz
und quer ...

....

....

Betreff: Kontaktaufnahme

.... herzliche Grüße aus der Steiermark .... Sissi

....

....

Betreff: RE: Kontaktaufnahme

Herzlichen Dank für die Grüße aus der Steiermark.
Ich liebe dieses Land.
Mein Vater hat übrigens dort gearbeitet.

Aber weshalb so viele Punkte?
Wollten Sie mehr damit sagen?
Oder zum Denken anregen?
Ich habe mit Interesse Ihr Profil gelesen, und was ich
noch fragen wollte: Gibt es schon ein veröffentlichtes
Werk von Ihnen ?

Liebe Grüße
Torsten

....

....

Betreff: RE von RE: Kontaktaufnahme

Hallo Torsten!

.... endlich ein Mensch, der in der Lage zu sein scheint, auch auf meine Punkte reagieren zu wollen. .... und in mir entsteht die vage Hoffnung, dass es vielleicht auf diesem Erdenball doch auch Männer gibt, die zum einen alles auf einen Punkt bringen können, beziehungsweise Punkte zu punktieren verstehen und die es zum anderen, man sollte dies gar nicht glauben, gar zusammenbringen, nicht nur zwischen den Zeilen zu lesen, sondern auch zwischen den Punkten ....

.... meine Romane und lyrischen Werke sollte man demnach auf alle Fälle mit allen seinen Sinnen lesen .... und nicht nur lediglich mit einem eventuell technisch veranlagten Gehirn, Herr Diplomingenieur ....
In diversen Anthologien habe ich bereits veröffentlicht .... ebenso einen Roman „Mein Orange" ISBN: 3-86548-315-1 ....

.... anbei eine kleine Leseprobe ....
Liebe Grüße .... Sissi

mein Leben ist mir Geschenk

sprechen und gehen
und so manch anderes lernen
voll jugendlicher Neugier
in ein schier endlos anmutendes Leben sich hinein
entfernen

und
erleben
dass auch ein geschenkter Frühling
wie im Zeitraffer vergeht

sich in oftmals belastenden Pflichten
und vielgesichtigen Abhängigkeiten verweben
sich dem Spannungsfeld des Liebens
mit all seinen Schattengebilden ergeben

und
spüren
dass auch ein geschenkter Sommer
sehr vertraulich zum Herbst hinüber sich neigt

in sich selbst
die faszinierenden Farbenmeere sehen
vieles von den Gezeiten des Lebens erahnen
und manches bereits ein bisschen verstehen

und
fühlen
dass auch ein geschenkter Herbst
in seine zeitliche Dimensionsbegrenztheit steigt

die Welt in weiser Gelassenheit
und in milder Sanftmut betrachten
Erfahrungen als einen wärmenden Schutzmantel
und einen weichen Ruhepolster erachten

und
erkennen
dass auch ein geschenkter Winter
letztendlich in ein ewigkeitsheischendes Nirwana entgleitet

....
....

Betreff: Lebensgeschenk

Hallo Sissi!

....

Ist das nicht ein tolles Bild?

....

Sie füllen die Leere und ich setze die Punkte.

....

Das Zwischen-den-Zeilen-Lesen hat ja meines Erach-
tens einen etwas negativen Touch.
Aber zwischen den Punkten ist für mich völlig neu.
Aber warum nicht?

Bei den Punkten nach der ISBN haben Sie mich allerdings auf die Probe stellen wollen .... ha, ha .... da ist aber nichts .... wirklich!

Vielen Dank für die Verse.
Auch wenn sie auf mich etwas zu passiv wirken.
Vielleicht sogar zu traurig.
Aber weshalb sollte ich trauern?
Sicherlich vergehen die Dinge, aber es kommen auch neue, spannende auf einen zu.
Weshalb sollten Pflichten belasten?
Arbeit macht Spaß!
Warum sollte ich bei der Liebe den Schatten sehen?
Liebe ist Licht!
Warum sollte ich mich auf meinen Erfahrungen ausruhen?
Erfahrungen sind dazu da, um mir zu nutzen und um mich zu schützen, oder nicht?
Erfahrungen erlauben neue Wagnisse!
Und wenn ich das Neue mit meiner noch immer vorhandenen Neugier und zusätzlichen Erfahrung angehe?
Das sind doch Perspektiven!

Das hört sich jetzt allerdings schon fast wie „das Wort zum Sonntag" an!

Ich wünsche Ihnen ein schönes Wochenende
Torsten

....
....

Betreff: RE: Lebensgeschenk

Hallo Torsten!

Ich werde das Pferd von hinten aufzäumen ....
und beginne damit, auch Ihnen ein schönes Wochenende zu wünschen .... um auch in der Tat
feststellen zu müssen, dass Sie einen leichten Faible
zum Predigen zu haben scheinen .... und
um gleichzeitig bemerken zu müssen, dass Sie dies,
sichtschutzerprobt, wie es in früheren Beichtzeiten die
Geistlichen generell zu tun pflegten, durchzuführen
beabsichtigen .... würde für mich sehr angenehm sein, Sie mir via Foto vorstellen zu dürfen,
zumal ich ein sehr optischer Typ bin und ich denke,
dass Sie vielleicht gar nicht so schirch (kennen Sie den
österreichischen Ausdruck?) sind, sodass Sie sich weiterhin unerkannt halten müssten ....

Ja, um auch Stellung, mein Gedicht betreffend, bezie-
hen zu wollen .... haben Sie sich hoffentlich gefragt, wer wohl diese Person sein mag, die in
sehr, wie Sie meinten, negativ angehauchter Art und
Weise zum Thema „Frühling, Sommer, Herbst und
Winter" .... wie es die Anthologie gewünscht
hatte .... ihre Gedanken zu Papier gebracht hat
............?
Ich kann Sie beruhigen .... es ist durchaus keine negativ denkende, trübe Tasse ....
sondern ebenfalls .... wie Sie .... wahn-
sinnig neugierig .... lebt ungemein gerne
.... arbeitet mit Elan und großer Freude
.... und glaubt auch daran, dass die schönsten
Jahre für sie und einem eventuellen Partner noch zu er-

warten sind .... sie hat allerdings auch schon die
tiefsten Tiefen eines dreißigjährigen Zusammenlebens
mit einem Suchtkranken hinter sich .... so, genug
davon .... und um auf das Zwischen–den–
Zeilen-Lesen zurückzukommen .... finde ich
persönlich nicht unbedingt als negativ behaftet, wenn
man in einem ganz einfachen Satz so viel Spannendes
oder Liebevolles heraushören kann .... und
erst recht zwischen den Punkten .... denn,
wenn man das einmal so richtig drauf hat ....
dann spürt man das Geheimnisvolle .... das
Unerklärbare .... und manchmal schwingt das
gesamte Universum darin ....

und in diesem Sinne ....
liebe Grüße
Sissi

....
....

Betreff: Noch 'ne Predigt

Hallo Sissi!

Entschuldigen Sie bitte.
Ich hatte nicht vor zu predigen.
Meine Absicht war, auf Ihr Gedicht eingehen zu wol-
len.
Und auch meine Meinung dazu kundzutun.
Vielleicht sogar ein bisschen aufmunternd zu wirken.
Ist wohl, wie es mir scheint, ein bisschen schief ge-
laufen.
Vielleicht sollte ich mich mehr in Punkten üben ....

Ich glaube nicht, dass ich ein Prediger bin.
Und schon gar nicht ein anonymer.

Voila, ein Bild von mir.

Sie haben allerdings trotzdem Recht.
Ich erwische mich zunehmend dabei, optimistische Sprüche zu klopfen.
Das liegt nicht zuletzt daran, dass ich zwar in einem deutschen Unternehmen arbeite, wir aber seit einigen Jahren unter massivem amerikanischen Einfluss stehen.
Die Kollegen kennen für alles nur great, outstanding, magnificent und terrific und versprühen den ganzen Tag über Optimismus.
Das färbt ab.
Einmal habe ich sogar schon einen Wettbewerb um den besten Slogan gegen die amerikanische Konkurrenz gewonnen.
Der Gewinn, ein iPod nano, hat mich zumindest in dieser Peinlichkeit getröstet.
Also bin ich Ihnen ungemein dankbar, wenn Sie mich auf ein „europäisches Niveau" herunterholen.

Muss ich jetzt einen Kurs in Österreichisch belegen?
Das „Schirch" kenne ich nicht.
Aber ich kenne „Schiach", und das habe ich gerade noch verstanden.
Ich denke aber, Sie können mich hier leicht „erwischen", denn als geborener Schleswig-Holsteiner habe ich zunächst Plattdeutsch gesprochen.
In der Schule hat man mir dann mit dem Stock Hochdeutsch beigebracht und in weiterer Folge habe ich dies während meines Studiums in Hannover auch ver-

feinert ....

Liebe Grüße
Torsten

....

....

Betreff: RE: noch 'ne Predigt

Hallo Torsten!

.... um auf Ihren letzten Betreff entsprechend zu
reagieren:
.... nein, danke, ein Wort zum Sonntag reicht mir
aus ....

.... aber Sie brauchen sich wirklich nicht zu
entschuldigen .... es hat mir sehr gefallen, dass
Sie meinen Text so bei sich aufgenommen und so klare Gegenargumente formuliert haben .... die
meisten Menschen sagen lediglich: "schön"..............
und das war's dann auch schon .... und wenn
man sich bislang auch in vielen weiteren Belangen mit
Brosamen hatte begnügen gelernt, dann tun einem
Gedichtemutterherz mehrere Sätze, die ganz alleine
diesem Gedicht gewidmet sind, natürlich unheimlich
gut ....

.... zu Ihrem Foto .... ich finde Sie
sehr sympathisch .... ein Lächeln umspielt den
Mund .... und die Lachfältchen .... ein
Strahlenkranz um Ihre Augen .... Gedanken

26

hinter solch einem Gesicht können vorwiegend nur positiv sein .... so meine Vermutung ....

.... genau .... "schiach" heißt das Wort ganz richtig .... wollte Sie lediglich nicht überfordern, weshalb ich es ein bisschen deutscher hatte schreiben wollen .... naja, ist halt so, wenn man gewohnt ist, beim eigenen IQ Maß zu nehmen ....

.... bin eben erst von einer Vernissage zurückgekommen .... in wunderschönen Gärten hatte sie stattgefunden .... zauberhafte Blumenarrangements .... zartrosa Rosen und Lavendel .... nur um eine Impression herauszugreifen ....
aber nach ein paar sommerlich-heißen Tagen ist es momentan bei uns empfindlich kühler und regnerisch geworden .... und ich habe es im Anschluss daran vorgezogen, den alljährlichen Kirtag in meiner Heimatstadt dann doch nicht zu besuchen ....
nicht zuletzt auch in Ermangelung eines eigenen Tänzers ....

.... werde mir wohl am besten meinen Kachelofen aktivieren, um es mir gemütlich zu machen ....
also dieses Umstandes wegen vorerst ....
kühle Grüße ....
Sissi

.... bitte mit dem Herzen lesen:

27

sich verlieben

sich verlieben

ist immer Abenteuer

ist wie das Betreten einer Eisschicht
deren Dicke man nicht abzuschätzen weiß

ist wie das Fliegen zu den höchsten Wolken
unwissend ob der Treibstoff für's Zurück reicht
und eine weiche Landung überhaupt möglich ist

ist wie das Wandern durch eine Wüste
mit allen nur erdenklichen Fata Morganen

ist wie das Berühren von unsichtbaren Gegenständen
unterschiedlichster Oberflächenstruktur
manchmal angenehm bis berauschend
manchmal Gänsehaut erzeugend

sich verlieben

ist immer Abenteuer

(veröffentlicht im Jahrbuch 2005, Clemens-Brentano-
Verlag)

Herzliche Grüße
Sissi
....

Betreff: ! ! ! ! ! ! ! ! ! ! ! ! ! !

Hallo Sissi!

Wow, das ist einmal ein Gedicht, mit dem ich mich identifizieren kann! ! ! ! ! ! ! ! ! !

(Hier einmal keine Punkte, sondern eine beliebige Anzahl von Ausrufezeichen und keine Interpretations- predigt).
Ich bin dabei, und mein Herz sowieso.

Danke für Ihre positive Reaktion auf mein Bild.
Ja, Sie haben Recht, ich bin Optimist.
Schön! (Noch ein Ausrufzeichen.)
Ich habe gerade mit meinen Eltern gegessen.
Mein Vater hat heute Geburtstag.
83 Jahre, das sind Perspektiven.

Der Begriff „Gedichtemutterherz" hat mir gefallen.
Den werde ich in meinen Wortschatz übernehmen.

Was verstehen Sie unter „kühl"?
Ein Kamin wird doch wohl nur wegen der Gemüt- lichkeit um diese Jahreszeit angeschürt? Oder wohnen Sie so hoch?

Nach all diesen positiven Anmerkungen ein kurzer Dämpfer.
Sie schreiben, Ihnen mangelt es an einem eigenen Tänzer.
Da könnte ich Ihnen leider nicht dienen.
Ich habe zwar einen „Marine-Einheitsschritt" gelernt, aber zur Befriedigung einer engagierten Tänzerin

reicht das sicherlich nicht aus.

Einen schönen Sonntagabend wünscht
Torsten

....
....

Betreff: RE: ! ! ! ! ! ! ! ! ! ! ! ! ! !

Guten Morgen Torsten!

.... auch wenn ich von meinem Haus aus auf
meine Heimatstadt hinuntersehen kann, so wohne
ich nicht wirklich hoch oben .... von wegen „kühl"............. mir war einfach durch und durch
kühl, besser gesagt irgendwie unterkühlt zumute, als
ich so am Notebook saß, um Ihnen etwas zwischen
Ihre Ausrufungszeichen und meine Punkte zu tippen
.... vielleicht auch infolge Ermangelung einer
großen (lebenden ?) Wärmeflasche ....
lieber Torsten .... und genau das wäre es gewesen, was Sie zwischen den Punkten hätten herauslesen
müssen .... ich glaube, dass Sie das noch ein bisschen besser üben müssen ....
die Ratio dabei etwas in Klammer setzen ....
und dann nichts wie hineingeköpfelt zwischen die
Punkte ....

.... ja, das ist schön, dass Sie Ihre Eltern noch
haben dürfen .... ich hatte einstmals meine Eltern und Schwiegereltern ständig um mich herum
.... zum einen deshalb, weil sie auf meine Kinder

aufpassten, während ich in der Schule war, und zum anderen, weil wir ungemein gerne alles Mögliche gemeinsam feierten .... mit dieser Großfamilie ist es jedoch leider vorbei .... vor bereits zehn Jahren starben innerhalb eines halben Jahres meine Schwiegereltern und mein Vater, vor drei Jahren mein Mann, vor zwei Jahren meine Mutti .... mein Sohn ist Arzt im Wiener AKH und kommt nur alle paar Wochen zu mir nach Hause .... meine Tochter lebt eine Viertelstunde Fahrtzeit von mir als alleinerziehende Mutter eines siebenjährigen Mädchens, tut dies allerdings sehr selbstständig .... und somit habe ich ausreichend Platz .... und ich kann in meinem großen Haus regelrecht herumtanzen .... apropos tanzen .... von wegen Einheitsschritten und so .... so großartig und turnierreif tanze ich schließlich und endlich auch nicht .... mein Traum wäre es allerdings schon, dass ich mit einem zukünftigen Partner eventuell einen Tanzkurs belegen wollte ....

So, nun genug gequasselt, jetzt werde ich mich mit meinen Nordic-Walking-Stöcken auf meine Waldrunde begeben ....

Schönen Tag noch, und liebe Grüße
Sissi

....
....

Betreff: üben, üben, üben

Hallo Sissi!

Sie sollten doch wissen, Schüler müssen üben, üben und nochmals üben.

Das von wegen Wärmeflasche, das denke ich, kann ich schon.

Aber das zwischen den Punkten lesen!!!!!!!!!!!!!!!

Bedenken Sie bitte, dass ich erst kurz in Ihrer Schule bin.

Auf der anderen Seite war mir natürlich klar, dass Sie sich einsam fühlten.

Geht mir auch oft so, wenn ich in der Stadt oder bei anderen Menschenansammlungen bin.

Mit Kälte hätte ich das aber nicht in Verbindung gebracht.

Und mir ist leider auch nicht eingefallen, wie ich das adressieren hätte wollen.

Könnte Ihnen ja auch unangenehm sein.

Es hört sich so an, als ob Sie sehr bodenständig wären.

Ich beneide fast die Menschen, die in der gewohnten Umgebung geboren werden, leben und sterben.

Mich hat es bereits sehr herumgetrieben.

Ich bin im Norden, in Kiel geboren, habe in Hannover studiert und dann an verschiedensten Orten gearbeitet.

Fünf Jahre war ich in Peru.

Jetzt arbeite ich wieder in Deutschland, bin aber so viel unterwegs, dass ich mein Büro nur ein bis zwei Tage die Woche sehe.

Für eine Partnerschaft im herkömmlichen Sinne fehlt mir daher momentan effektiv die Zeit.

Das ist jetzt keine Klage, denn ich manage sehr gerne und es ist auch sehr interessant mit vielen unterschiedlichen Menschen zusammenzuarbeiten und andere Kulturen verstehen zu lernen.

Aber man ist dadurch natürlich irgendwie entwurzelt. Das Heimatgefühl stellt sich für mich erst ein, wenn ich die Elbe in Richtung Norden passiert habe.

Ich wünsche Ihnen eine gute Woche
Torsten

....
....

Betreff: RE: üben, üben, üben

Hallo Torsten!

.... um auf das Wort „üben" allerdings zurückkommen zu wollen .... wenn Sie sich weiterhin im Üben von Punkttexten so bemüht zeigen, so wird Ihnen die kleine steirische Lehrerin bei der Beurteilung entgegenkommen wollen .... weiteres Statement zu späteren Zeiten ....

.... was meine – zwangsläufige – Bodenständigkeit betrifft, so muss ich bestätigen, dass es sehr schön ist, wenn jeder jeden kennt .... aber wie alles im Leben hat auch das seine zweite Seite .... vor allem für ein so überaus neugieriges und weltoffenes Wesen, welches ich nun einmal bin .... und

zu meinen Träumen gehört es ebenfalls, eine gewisse Zeit in einem englischsprachigen Land leben zu wollen, denn meine Englischkenntnisse sind derzeit mehr als dürftig ....
bin momentan, um ehrlich zu sein, mehr an einer eventuell auf Englisch durchgeführten Konversation interessiert, als an einer Beziehung ....

.... nun denn, was vertreiben Sie eigentlich beruflich?

Mit dieser Frage möchte ich Ihnen und mir viel Sonnenschein wünschen .... nicht zuletzt deshalb, weil ich morgen mit meinen Lehrerkollegen eine obligate Schulschlussfahrt in das Burgenland unternehme .... wird wohl etwas feucht-fröhlich werden ....
Sissi

.... ein Gedicht, welches in einer Edition ab Herbst in sämtlichen Nationalbibliotheken nachzulesen sein wird und welches mich dahingehend als eine zeitgenössische Autorin ausweist .... und welches nicht zuletzt mit meiner derzeitigen Gefühlslage zu tun hat ....

Lebensmuster

mein bunter Humor
blickt schmunzelnd
auf die strenge Kleinkariertheit
meines bislang grauschattierten Denkens
und erstaunt nicht wenig
über meine momentane innere Bereitschaft
-spät, aber doch-
in einem großzügig angelegten Karomuster zu fühlen.

„Dein Mut ist zu bewundern!"
spricht meine freiheitsliebende Lebensfreude zu mir,
denn es beginnen sich bereits selbst diese neu-kreier-
ten Linien aufzulösen
und lassen mich
in einem weiten Himmel
an zärtlich-gelben Wolken eines Urvertrauens
versinken.

Liebe Grüße
Sissi

....
....

Betreff: Englischkenntnisse

Hallo Sissi,

As a second step we might continue our correspondence in English, if you want so.
By this you could make a first step towards practice in English.
To me, working in an American company, it is daily business to communicate and correspond in English.
I think I already wrote about my situation.
Beruflich vertreibe ich nichts.
Ganz im Gegenteil. Ich kaufe ein.
Alles was man so braucht, um einen Großbetrieb am Laufen zu halten.
Das beginnt mit Grundstücken und Gebäuden, genauso Maschinen und Werkzeugen, alle Art von Service, Energie, IT Hard- und Software bis hin zum Bleistift.
Insgesamt mehr als 2000 Materialfelder.
Und das für alle unsere Standorte weltweit.
Heute sind gerade noch einige österreichische Standorte hinzugekommen.
Sind Noten bei Ihren Beurteilungen Verhandlungssache?
Und was heißt kleine steirische Lehrerin?
Und das noch dazu ohne vor- oder nachgestellte Punkte?
Sie sind doch nicht klein!
Unterrichten Sie auch andere Fächer als Zwischen-den-Punkten-Lesen?
Ihr Gedicht.
Gut, weiter so!
Auf zu neuen Ufern!
Entschuldigung, das sind schon wieder Slogans.

Ich nehme das zurück.

Aber hier sehe ich doch Ihre Bereitschaft, aus der Gewohnheit auszubrechen, um Neues zu wagen.

Die einzige Änderung, die ich vornehmen möchte, ist „versinken" am Ende durch ein aktives Verb, zum Beispiel „eintreten", zu ersetzen.

Ich weiß, jetzt bekomme ich wieder die rote Karte, weil ich in Ihren Gedichten herumpfusche -

Torsten, was nehmen Sie sich da heraus!

Schreiben Sie das Gedicht bitte zehnmal handschriftlich ab, um den Wert zu erkennen! -

Auf alle Fälle wünsche ich Ihnen einen schönen Ausflug.

Liebe Grüße
Torsten

....
....

Betreff: RE: Englischkenntnisse

Hallo Torsten!

.... die Nacht war kurz .... Mister Sauvignon und seine Freunde sind mir zuvor sehr nahe getreten ....

und während ich gemeinsam mit dem Herrn Winter, der auf meinem Anwesen als Helfer in allen schweren Sommerbelangen agiert, meine 5 m^3 Holz in den Keller räumen sollte, sitze ich vor meinem Notebook, um die fehlenden Worte zwischen meine Erlebnispunkte zu schreiben ....

.... apropos klein .... wie es unschwer zu erkennen ist, prallen in unserem gegenseitigen Aufeinandertreffen sehr kontrastreiche Welten aufeinander oder ineinander und hoffentlich nicht gegeneinander .... und das brave, einfache Mädel vom Land spürt natürlich das präzisiert-analytische Denken dieses weltgewandten Mannes und es würde ihm auch gefallen, sich an eine derart stabile Schulter anlehnen zu können .... nicht zuletzt auch deshalb, weil sich bislang immer die jeweiligen Männer an sie gelehnt hatten .... aber es lässt das Mädchen natürlich dabei Kind bleiben .... nicht wirklich ein schlechtes Gefühl für eine träumerische Seele .... excuse me .... war wieder eine meiner Wärmeflaschenentgleisungen ....

.... Strafaufgaben, Winkerlstehen, vor die Türe setzen .... das sind allerdings von mir nicht mehr praktizierte mittelalterlich anmutende Erziehungsmethoden ....

Schönen Tag noch
Sissi

Dear Sissi!

Unter dem Aspekt, den Wein mit einem Mann vergleichen zu wollen, nur weil er einen männlichen Artikel aufweist, da müsste man auch den Sessel, den Tisch, den Kaffee .... sogar den Bettrahmen .... hinzuzählen!
Ich werde eifersüchtig!
Sie sehen .... ich lerne Ihre „dotting method".

Ich glaube nicht, dass es auf dem Lande zu leben, als geringer zu erachten ist.

Ich bin genauso auf dem Land geboren und auch aufgewachsen, eingebunden in ein pflichterfülltes Leben.

Und nachdem wir nur ein Leben besitzen, sollten wir dies in Liebe annehmen können.

Sind Sie wirklich solch ein braves Mädchen?

Nie schlechte Gedanken, niemals böse Absichten?

Jeden Tag mit geputzten Zähnen früh zu Bett?

Das glaube ich Ihnen nicht!

Gerade vorhin hatte ich vom Weintrinken gelesen ....

....

Ich hoffe sehr, Sie füllen die Punktzeilen und gehen ein bisschen in sich!

Ich glaube auch nicht, dass ich ein typischer Stadtmensch bin.

Die Welt ist nicht meine Bühne, aber vielleicht mein Lehrer.

Ich lernte dadurch fremde Menschen und Kulturen verstehen und mit ihnen zusammenzuarbeiten.

Ich weiß aber auch mein Heim zu schätzen, das Zur–Ruhe-Kommen, das Beobachten der Sterne und landeinwärts zu wandern.

Jede Jahreszeit ist schön.

Länder in der Nähe des Äquators haben das nicht.

Jeden Tag Sonnenschein ist langweilig!

Yes, I have strong shoulders. And I am prepared to provide support............. but at the distance?????????

Wenn Sie auf Englisch schreiben wollen, brauchen Sie keine Hemmungen zu haben. Sie können davon nur profitieren.

Außerdem hoffe ich, dass ich Sie nicht falsch verstanden habe, denn das „terrific", welches Sie in Ihrer letzten Mail geschrieben haben, bedeutet auf Deutsch sowohl wunderbar als auch fürchterlich.

Sie sehen, ich stelle Sie nicht in den Winkel der mehrbedeutenden Wörter! ! ! ! ! !

Wenn Sie es also wunderbar finden, dann werden wir fortan auf Englisch korrespondieren, wenn Sie fürchterlich gemeint haben, werde ich Ihnen die Übersetzung anbieten.

Liebe Grüße
Torsten

Dear Torsten!

Many thanks for the first lesson. Your English is magnificent ... of course, ich habe nichts anderes erwartet ....

Ich hatte zwar große Mühe mit dem Übersetzen .... denn wenn schon, denn schon, dann möchte ich auf diesem Gebiet, wie auch sonst überall, so einigermaßen perfekt sein .... und das gestaltet sich dann doch als sehr mühsam, wenn man immer auf die Weisheiten eines Herrn Langenscheidt angewiesen ist .... und meine Augen rebellieren außerdem, weil sie gestern mit Herrn Whitewine zu kämpfen hatten und sich heute mit dem klein gedruckten Herrn Langenscheidt herumschlagen müssen .... and so I had started with my first word in English „terrific".......... und ich kann dazu wirklich nur sagen, dass ich diese E-Mailerei momentan sowohl als wundervoll als auch als fürchterlich empfinde ....

und ich nebenbei .... wie schon so oft in meinem Leben .... feststellen muss, dass ich mich bereits wieder schlechthin in einer Ambivalenz befinde ....

.... es ist ja wirklich toll, wenn man eine Fremdsprache so perfekt handhaben kann .... und ich mich dann schon auch darüber freue, wenn ich deinen(excuse me, das kommt vom you) Wortwitz verstehe .... auch auf Englisch .... aber die feinen Nuancen unserer bislang auf Deutsch gehaltenen Konversation, die mir schon sehr gefällt, vermisse ich irgendwie auch dabei ....

.... vielleicht machen wir unsere Mails teils, teils .... die heiklen Themen bitte besser nicht auf Englisch, wenngleich ich mich des Gefühles nicht erwehren kann, dass Sie auf Englisch lockerer sind ....

gute Nacht
Sissi

Hallo Sissi!

Nun zum ernsten Teil oder heiklen, wie Sie es nennen. Warum heikel? (Da fällt mir ein, in Englisch wäre das besser, da würde ich „delicate" oder „sensitive" verwenden) Wussten Sie, dass Englisch die Sprache mit dem umfangreichsten Wortschatz ist? Der Wortschatz ist ungefähr dreimal so groß wie im Deutschen!

Mit dem Gefühl, ich sei im Englischen lockerer: Vorsicht! Nicht zu schnell. Ich benutze da oft Schlagworte oder Sie sagen, ich predige – Sie erinnern sich? – und bleibe dann auf einer hohen Ebene oder oberflächlich. Das adaptiert man, wenn man sehr oft mit Amerikanern zu tun hat.

Zum anderen versuche ich Sie etwas zu provozieren, wenn ich das Geschriebene zwischen Ihren Punkten nicht lesen kann oder das Gefühl habe, nicht richtig zu verstehen. Wir mailen schon eine ganze Weile und eine ganze Menge und das endet nach meiner Erfahrung dann sonst irgendwann in Ermüdung ....

Ich würde Ihnen natürlich nicht nur meine Schultern borgen, sondern da hängt schon ein Mann dran, den Sie mit in Kauf nehmen müssten.

Sie hätten mir schreiben sollen, dass Ihr Roman autobiographisch ist! Als neugieriger Mensch habe ich ihn gelesen. Er liest sich extrem authentisch, sodass ich mich beim Lesen allerdings ein wenig unwohl fühlte. Einen Roman über eine abstrakte Person zu lesen ist eine Sache. Wenn ich wie hier eine – nun ja – gewisse Beziehung habe, berührt mich das anders. Ich habe mir immer gedacht, ob ich das Recht habe, in Ihrem Privatleben zu „schnüffeln", und konnte das Werk gar nicht richtig genießen.
Da ich jetzt viel über Sie weiß, beantworte ich Ihnen natürlich auch Ihre Fragen. Meine Frau hat mich vor etwas mehr als drei Jahren verlassen und lebt wieder in ihrer Heimat in Südamerika. Mein Sohn ist mein Ein und Alles und hat für mich Top-Priorität. Leider lebt er in einem Internat in Oberbayern und ich sehe ihn nur an den meisten Wochenenden. Diese Woche hat er langes Heimfahrtwochenende und ich hole ihn bereits morgen ab. Ich tröste mich damit, dass er im

Internat eine bessere Ausbildung bekommt als an den staatlichen Schulen. Denn ich kann Kinderbetreuung nun mal nicht mit meinem Beruf verbinden.

Heute haben Sie Glück, dass ich an einer langweiligen Besprechung teilnehme und ich die Zeit für eine ausführliche Mail nutze.

Ich wünsche Ihnen einen schönen Tag und sende liebe Grüße

Torsten

Dear Torsten!

.... man kriegt Beziehung .... auch in einer Internetbekanntschaft .... danke, dass Sie das auch so spüren können .... das mit meinem Buch, das war so eine eigene Sache .... habe nach dem Tod meines Mannes mir den ganzen Seelenmüll in Form von mehreren Romanen und etwa hundert Gedichten aus meinem verwundeten und fremdbestimmten Sein herausschreiben müssen .... meine Freundin und Deutschlehrerin hat einen davon gelesen und gemeint, dass dies überaus gute Literatur sei und dass ich Verlage kontaktieren sollte .... und ich konnte gar nicht so schnell schauen, dass es auch – sogar einstimmig – von der zuständigen Lektorenkonferenz für druckenswert befunden worden war .... was dann folgte, war natürlich Stolz, Freude und eine gewisse Portion Selbstvertrauen .... alles Dinge, die mir in meinem bis dahin gelaufenen Leben abhanden gekommen waren .... und dann habe ich aber ein paar Tage geweint, als ich nach der Frankfurter Buchmesse mein Buchbaby über die Schwelle meines Hauses getragen hatte und ich innerlich genauso berührt war, wie damals, als ich meine beiden Kinder nach der Geburt zu uns in die Familie geholt hatte .... mein Buchbaby .... und weil halt mein Leben von diesem Zeitpunkt an rein theoretisch um die Welt geht .... es war auch schon bei der London Bookfair, aber da gab's angeblich lediglich nur Gespräche, weiter nichts .... das Feedback, welches mich immer wieder erreicht, ist allerdings sehr gut, weil mir immer wieder bestätigt wird, dass es gerade wegen der Authentizität dieser Handlung die menschliche Seele erreicht .... und sich der eine wie der andere in dieser Gefühlswelt angekommen sieht ....

es tut mir trotzdem gut, dass Sie es gelesen haben, denn Sie können sicherlich unschwer fühlen, dass Sie es nicht nur mit einem sehr ernsthaften, sondern auch mit einem humorvollen und fröhlichen Menschen zu tun haben .... und ich erkenne an Ihrer Reaktion, dass Sie über ein gutes Herz verfügen und auch für Männer (vor allem in der Businessklasse) nicht immer vorhandenes Feingefühl .... das habe ich auch schon zwischen den Zeilen vergangener Mails spüren dürfen .... wobei man wiederum sieht, dass dieser Ausdruck nicht unbedingt negativ behaftet sein muss, wie Sie doch anfangs meinten ....

.... ich persönlich stehe allerdings von diesen meinen diversen Buchgeschichten gefühlsmäßig bereits ein ganzes Stück weiter weg ....

.... die Folge, ein weiterer Schritt, nicht mehr fremdbestimmt zu sein, ist .... ich habe mit heutigem Tag der Schule den Rücken gekehrt .... habe heute auch gleichzeitig das Antwortschreiben erhalten .... und darüber freue ich mich über die Maßen .... denn die Cornelia Goethe Akademie in Frankfurt hat mir mitgeteilt, dass das Prüfungsergebnis besagt, dass ich ausreichend Begabung für den Studienkurs „Literarisches Schreiben" mitbringe, um mit 1. 9. dieses Jahres mit dem Fernstudium beginnen zu können .... erhoffe mir persönlich, dass ich mir das Knowhow für das Schreiben zeittrendiger Literatur aneignen kann, beziehungsweise, dass ich mich auf dem Glatteis des Vermarktens besser zurechtfinden lerne .... es geht also um die so genannten brotlosen Künste, von denen mein Vater einstmals nicht sehr viel gehalten hatte und die ich von nun an leben möchte .... außerdem werde ich ein Leben des sehr starken Fühlens leben wollen .... und ein Leben größerer Langsamkeit ....

ich glaube zudem, dass mein Leben noch sehr spannend wird ....

man müsste, was uns zwei betrifft, natürlich einmal einen „Nähetest" probieren .... aber alles in allem könnte ich mir vorstellen, dass der zu den starken Schultern dazupassende Mensch eventuell ein Lebensbegleitungsmensch nach meinen Wünschen sein könnte ....

ständig einen Mann um mich herum, das kann ich mir derzeit gar nicht wirklich vorstellen ....

Sie wollen aber vielleicht eine Art Stiefmutter für Ihren Sohn ?????????? Wie alt ist er überhaupt?

.... noch etwas ist witzig .... oder Vorsehung .... oder Zufall .... obwohl ich ein Griechenlandfan bin .... und auch hoffe, dass ich im August noch Gelegenheit habe, dorthin zu fliegen .... übernächste Woche reise ich mit einer

Freundin, allerdings in einem Reisebus, nach Rügen..............was sagen Sie dazu? .... komme ganz in die Nähe Ihres Geburtsortes .... habe
dies allerdings schon im April gebucht ....
und ich verspreche Ihnen, wenn ich .... zwar etwas
verfrüht (Nähe Prag) über die Elbe fahre, dass ich an
Sie denken werde .... und in Stralsund werde
ich versuchen, dass ich mir Ihr Heimatgefühl in meine
Seele holen kann ....
I hope, your meeting is boring enough .... and
you have time to study my mail ....
many greetings to you
.... und ein paar liebe Gedanken auch an Ihren
Sohn

Sissi

P.S: Weil ich gerade lese, dass heute der Tag des Kusses
ist, kann ich nicht umhin, Ihnen einen mitsenden zu
wollen.

Hallo Sissi,

jetzt hätte ich Ihnen fast geschrieben, dass Rügen nicht
ganz meine Heimat ist (Deutschland war ja, wie Sie
wissen, während meiner Jugend geteilt, und in diese
Gegenden durften wir nicht reisen) aber die Aussicht,
dass Sie an mich denken, lässt mich verstummen. Außerdem ist es die von mir so überaus geliebte Ostsee,
und hier können Sie sich natürlich „meinen" Wind
um die Nase wehen lassen.
There is lots of things to do:
Have a walk

Travel
Go for a cruise
Go skiing
Go sailing
Go jogging
Go biking
Go climbing
Go swimming
Discover an island
Discover new places
Enjoy a terrific view
Visit an event
Celebrate
Listen music
Watch an opera
Go to the cinema
Visit friends
Do gardening
Cook jointly
Have a nice dinner
Do grilling
Discuss
Talk to each other
Play together
Be children
Practice English, Spanish, French, Danish, Styrian
Have a glass of wine together
Sit in front of the chimney
Watch the stars hand in hand
Look each other into the eyes
Lay in the grass
Kiss each other
Feel each other
Puh that's such a lot of things to do and I am not at

the end at all, you would not have the time to live your new life.

An dieser Stelle gratuliere ich Ihnen zu Ihrem neuen Leben und wünsche Ihnen von ganzem Herzen viel Glück und Erfolg.
Danke für den Kuss. Nur Frau Autorin – etwas mehr Emotion würde ich mir schon wünschen - Ihre Anmerkung liest sich ungefähr so wie:
„In der Anlage sende ich Ihnen einen Kuss"

Einen lieben langen Kuss von
Torsten

Dear Torsten!

.... wow .... this kiss I am really feeling under my skin .... in the past I did'nt know .... that English kisses go quickly till to the toes .... zu meiner Rechtfertigung .... das von wegen Emotion .... ich hatte erst beim Kopieren diese Einschaltung gesehen .... außerdem sind Sie für mich ja ein fremder Mann .... und da sollte man derlei Dinge dann doch nicht auf die Spitze treiben .... denn dann sind die Distanzen, die zwischen uns beiden liegen, wirklich erschreckend groß ....

.... aber nur so nebenbei .... wir zwei gemeinsam wären ja wirklich ein Superteam für eine Internet-Love-Story .... oder?????????
.... hot-water-bottle hin .... hot-water-bottle her ....

Rügen .... und ich spüre, dass dort derselbe
Wind weht .... den Sie so lieben ....
aber so wie Sie das schreiben .... das Füllma-
terial zwischen den Punkten, meine ich .... und
so viele Möglichkeiten .... als dass man doch
tatsächlich nur mehr ein Pensionistendasein führen
würde können .... möchte ich doch gleich
schon jetzt auf der Stelle mit Ihnen .... hand in hand
.... in the moonlight .... being a child
.... so, jetzt höre ich Sie schon schallend lachen
.... muss sich ja anhören wie .... na
ja, stümperhaft auf alle Fälle ....
.... und zwischen die Punkte gefragt: haben Sie eine schöne Stimme? .... eine weiche oder
eine harte .... der deutsche Akzent klingt für
mich allemal hart .... und sind Sie eigentlich
ein zärtlicher Mann .... und jetzt höre ich
auf .... und gehe noch ein bisschen in meinen Garten, um Unkraut zu jäten ... denn ... englische
Küsse wirken äußerst anhaltend ....

have a good night
some dreams
going hand in hand
into a heaven of luck
Sissi

Liebe Sissi,

Ja, meine Küsse machen Gänsehaut auf den Knochen!

Ihre Rechtfertigung (Emotion ....) nehme ich in diesem Falle nicht an. Zwischen einem Kuss in der Anlage, angeheftet mit einer eiskalten Büroklammer .... Auuuuu .... und einem erotischen Kuss liegt noch eine solche Bandbreite, dass selbst eine züchtige Jungfrau von einem steirischen Berghang sich etwas weiter vorwagen kann, ohne die Dinge auf die Spitze zu treiben.

Gedanken und Gefühle überwinden zudem spielend Distanzen!

Eine Internet-Love-Story wäre auch mal eine schöne Variante. Die wahren Abenteuer sind ohnehin im Kopf. Aber es ist vielleicht etwas zu platonisch. Mitunter sollte man dann doch einmal die Emotionen life auftanken oder die zweibeinige Wärmflasche anwenden.

Wie die Kinder im Mondlicht spazieren, könnte man ja mal testen.
Sie sehen, ich lache nicht.
Aber ich warne Sie.
Ich habe keine Kinderhand, sondern meine Hand ist genauso elektrisierend wie mein Kuss!

Ob meine Stimme schön ist? Ich weiß es nicht. Mir hat noch keiner etwas gesagt. Das müssen Sie schon selber testen. Dialekt spreche ich nicht, weder österreichischen noch deutschen. Ich spreche akzentfreies Hochdeutsch. Wenn Sie das als zu hart empfinden, können wir auf Französisch ausweichen. Das ist sicher weich.

Bin ich zärtlich? Zärtlichkeit ist relativ. Auch hier kann ich Ihnen den Test nicht ersparen.

Mit meinem Kuss habe ich offensichtlich etwas angestoßen. Daher jetzt keinen weiteren, denn man kennt sich ja noch nicht. Siehe oben.

Daher wünsche ich Ihnen ein schönes Wochenende

Torsten

Die Sonne geht auf.
Der Tag erwacht.
Und ich beginne den ersten Tag meiner Freiheit.
Beginne ihn schon sehr früh.
Will ihn genießen.
Onkel Leo, mein Gehilfe in Sachen Englisch, a hint of my new English teacher, wird auch sogleich herbeigerufen.
Habe meinen Beruf in der Schule über alles geliebt, fällt mir dabei ein.
Aber nun steuere ich schnurstracks in meinen neuen Lebensabschnitt hinein.
Das erfüllt mich mit neuer Freude.
Mit neuer Neugierde.
Derzeit blicke ich auf das Foto von Torsten.
Der Businessman wie er im Buch steht.
Glatzköpfig in Anzug und Krawatte.

Nur eben sehr freundlich lächelnd.

Muss ihn in meiner nächsten Mail darauf ansprechen, ob er mir nicht ein privates Foto senden kann, und auch eines von seinem Sohn.

Ich bin voller Neugierde auf diesen Mann, wenngleich ich ebenso nicht ausschließen möchte, dass wir bei einem tatsächlichen Aufeinandertreffen vielleicht gar nicht wenig irritiert wären.

Noch liegt die Sanftmut der gegenseitigen Unerkanntheit zwischen uns.

Ob ich das Kuscheln in der Früh liebe, hatte er mich neuerdings gefragt.

Und anschließend ein gemeinsames Frühstück.

Und einen Spaziergang durch den Wald.

Und schon sei der Tag auf unserer Seite, hatte er gemeint.

Und dieses Programm hätte doch glatt den Vorteil, dass wir dies schweigsam durchführen könnten und ich mich nicht von der von mir im Vorfeld angesprochenen harten Ts, der harten Aussprache wegen, wie es vielen Deutschen sehr zu eigen ist, stören lassen müsse.

Und so nebenbei erwähnt, wenn mir die Aussprache auch hart erschiene, meint er, sie käme ihm direkt aus dem Herzen, und seine Hände seien auf alle Fälle ungemein sanft und zärtlich.

Und er verstehe außerdem, dass ich die englische Variante bevorzuge.

Besides you have made a nice Freudian slip, you wrote sun instead of son. I can imagine that your son is your sun, meint er außerdem.

My word-game in English:
before .... beware .... begin .... become .... behave .... bemused ....

bewilder .... beguile .... bewitch ....
bedevil .... believe .... befriend ....
beloved .... bedeck .... belong ....
betray .... belittle .... believe .... be-
wail .... bemoan ....
be .... be .... be .... be .... be
....
because
because
because
Der Geist bestimmt den Körper, meint er, und man
müsse trachten, dass diese sich in ständiger Überein-
stimmung zeigten.
Mein Englisch sei schon sehr gut.
Ebenfalls die richtig dazugefügten Punkte, welche ich
ja über alles liebe und ohne die ich halt auch im Englischen nicht auskommen kann.
In Anbetracht der Tatsache, dass wir nun schon gerau-
me Zeit den geschützten Rahmen des Dating-Systems
verlassen haben und dass mir ein paar private Fotos zur
Einsicht zur Verfügung stehen, nimmt das gegenseitige
Erzählen gar kein Ende.
Täglich mehrere Seiten.
Und wir erfahren sehr viel vom Denken und Fühlen
des anderen.
Momentan übe er sich in steirischen Dialekten, wie:
„Irchti mecht i Heidensterz, Steirerkas und an Scherz-
erl Bims;
Und na dem Antigern dann leg i mi ganz still zu dir
und i kriach unter die Deck'n und du umarmst mi."
Und a Bussi schicken wir uns immer wieder einmal
mit.
Und auch so manchen Teil auf Stoansteirisch.
Moin Sissi, o.k. ick kann dat ock. Da hest du ock en

beten wat to studeern. Is en beten liek ton Englisch. Awer nich week.

Wie ich bereits weiß, liebt er diesen Dialekt und er hört sich zudem heute noch gerne Talkshows in Platt an. Und dass er nun seine Gedanken in das Mürztal würde senden können, das präzisiere die ganze Sache. Und ob er das vertraute Du gebrauchen dürfe, wo wir doch schon mehrere Wochen korrespondieren.

Griaß di, mei Miaztoler Freindin, sei seine Lieblingsanrede.

Mir gefällt sie nicht so sehr, fühle ich mich auf diesen seit ewigen Zeiten von mir bewohnten Ort ungemein reduziert.

Bei allem Schönen und Beständigen, was derlei Lebensumstände allerdings mit sich bringen!

Ick send di en Söten, schreibt er so dann und wann, und dass er sich beruflich mindestens einmal in der Woche im Ruhrgebiet aufhalte, wo ihm der Sprachenklang nicht ganz so zu Gesicht stünde.

Und ob er wenigstens die zum Tanzen notwendigen Wadln hätte, frage ich zum Spaß!

Naja, den steirischen Tanzbären würde er nicht gerade abgeben können, war seine Antwort darauf, von wegen Lederhosen und Schuhplattln und so.

Ja, nicht nur der Alpenhauptkamm trennt uns beide.

"Ich wünsche dir schon einmal alles Gute. Das Wetter wird ja wohl passen. Denk daran, die Sonne am Meer ist genauso gefährlich wie in den Bergen. Aber Deutschland ist das Land mit den günstigsten Preisen für Sonnenschutzmittel.

Ich fürchte nur, dass du auf Rügen einen sympathischeren Fischkopp als mich kennenlernst ....

Ich hatte mir schon die ganze Zeit überlegt, wie Sym-

pathie und speziell Sympathie zwischen uns entsteht.
Das auch vor dem Hintergrund, dass du ja deine steirischen „Tanzbären" liebst.

Ich weiß, das ist böse, aber du hast die Beschreibung
so fokussiert und verkürzt, dass mir nichts anderes ein-
fällt.

Ja, woher kommt diese uneingeschränkte Sympathie?
Jetzt hab ich es gefunden!

Wir sind verwandt!

Wir müssen beide von den Wenden abstammen.

Diese haben im späten 6. Jahrhundert die Steiermark
besiedelt.

Im 8. Jahrhundert haben sie sich entlang der Elbe nach
Norden ausgedehnt und sind bis zur Ostsee gesiedelt.
Zumindest meine Großmutter väterlicherseits stammt
von den Wenden ab. Ihr Name war sogar Wendt.
So bereiten sich die Wenden ein zweites Mal auf die
Eroberung der Steiermark vor. Zumindest auf einen
lieben Teil ...."

Naja, unter diesem Aspekt, eigentlich irgendwie miteinander verwandt zu sein, würde ich ihm dann als
Antwort auf seine Ausführungen und während ich auf
Urlaub an der Ostsee verweile, eine Homework hin-
terlegen.

Ein erotisches Gedicht.

Möchte ihm zeigen, dass das Mädel vom Land nicht
nur prüde Literatur hervorbringt.

Zauber der Erotik

du sitzt
auf der anderen Seite des Tisches
von deinem Begehren in deinem Blick
fühle ich mich umhüllt

ich fühle dein Verlangen
und spüre wie deine Lippen
langsam und zögernd
über den Stoff meiner Bluse gleiten
und deine weiche Hand
liebevoll und sanft
über mein Gesicht
und meinen Rücken streicht
und du ziehst mir ganz sachte
und doch leidenschaftlich fordernd
meine Kleider vom Leib
und mit jedem Zentimeter der Enthüllung
tobt laut pochend die Leidenschaft in mir
und ich liege nackt und bloß
in deinen muskulösen Armen
und bin gebadet
von geküsst und gestreichelt werden
und ich genieße lustvoll
deine zärtlichen Hände
und spüre
mit immer größer werdendem Ewigkeitsschmerz
wie sie ganz langsam und zart
meine Scham öffnen

und du sitzt

auf der anderen Seite des Tisches
und blickst mir lediglich
nur immerwährend
tief und leidenschaftlich
in die Augen.

My beloved Sissi,

nur eine ganz schnelle Antwort.
Und ich hoffe, sie erreicht dich noch vor deiner Abreise.
Du hast mich gereizt.
Ich küsse dich von Kopf bis Fuß.
Ich berühre dich ganz zart mit meinen Händen.
Mit meinen Lippen.
Mit meiner Zunge.
Ich versinke mit dir in Unbegrenztheiten.
Und wir spüren wie die Reize der Erotik uns überschwemmen.
Uns hinwegspülen ...

Ich will meine Begierde nun nicht noch mehr entzünden.
Will mich in Geduld üben, bis du von deiner Reise zurückkommst.
Ich erwarte dich schon mit großem Verlangen.

Gibst du mir die Telefonnummer, um mich mit dir in
Verbindung setzen zu können?
Küsse dich stürmisch und leidenschaftlich.
Torsten

Hallo Sissi,

da hast du mir jetzt etwas angetan.
Oder uns.
Mir ist nichts Besseres eingefallen, als um dein Gedicht
herum, davor, dahinter .... erotische Phantasien
zu träumen und aufzuschreiben.
Ich hoffe „unter Verwandten", wie du formuliert hat-
test, darf man das.
Ich habe mir jeden Tag etwas anderes einfallen lassen.
Und erotische Träume sind doch schöne Träume
....
Ich habe an dich gedacht ....

Samstag

Was nun?
Keine Antwort.
Ich überlege, ob ich mich ins Auto setzen und zu ihr
fahren sollte.
Vor vielen Jahren wäre das keine Frage gewesen.
Doch heute siegt die Vernunft.
Vernunft?

Vernunft.
Was will die Frau?
Träumen oder den Traum erfüllt haben.
Ich warte auf ein Zeichen.
Man grabscht natürlich nicht einfach eine Frau an.
Aber die Signale sind eindeutig!
Oder doch nicht?
Ich zweifle.
Ich warte.
Ich denke.
Immer wieder beginne ich am Anfang.
Und ich ende, indem ich wiederum nichts weiß.
Ich hatte ihr sofort geantwortet.
Ja, sie hatte mir mitgeteilt, dass sie bereits ihre Koffer
gepackt hätte.
Und dann würde sie von ihrer Freundin abgeholt wer-
den.
Sie lässt mich alleine.
Mich und das Gedicht.
Nun, das Gedicht ist schon zwei Jahre alt.
Also nicht für mich.
Oder doch?

Nein, da ist wieder der tanzende Muskelprotz.

Warum hängt Sissi es an die letzte Mail vor dem Abschied?

Was will sie sagen?

Oder signalisieren?

Das ist doch eigentlich eindeutig:

Fass mich an!

Streichle mich!

Mach mich glücklich!

Aber da ist der Tisch.

Und man sitzt sich gegenüber.

Also ist Abstand da.

Doch nur Traum?

Geht man auseinander und trauert der verpassten Gelegenheit nach?

Das ist die Realität.

Ja, genau.

Das ist die Realität.

Sonntag

Der Tisch steht auf der Terrasse eines Cafes.
Ein kleiner, runder Tisch mit einer Marmorplatte und
einem gusseisernen Fuß.
Wir hatten uns unterhalten.
Nun ist das Gespräch bereits eine Weile verstummt.
Wir blicken uns nur still in die Augen.
Ich spüre deine Lust.
Deine Leidenschaft steht zum Greifen im Raum.
Ich sehe deine geweiteten Pupillen.
Langsam schiebe ich meine Hand über den Tisch.
Ich berühre deine Finger.
Du nimmst sie nicht fort.
Ich drücke leicht.
Du erwiderst den Druck.
Wir stehen auf, ohne uns loszulassen.
Und wandern hinaus.
Wie in Trance laufen wir Hand in Hand eine ganze
Weile.
Ich spüre wie erotische Energie zwischen uns fließt.
Wir haben kein Ziel, keine Richtung.
Nur diese Leidenschaft.
Plötzlich halten wir inne.
Wir wenden uns einander zu.
Die Blicke treffen sich.
Wir fallen uns in die Arme.
Die Münder finden sich zum Kuss.
Wir küssen uns lang und leidenschaftlich.
Eng umschlungen spürst du meine Erregung.
Wir legen uns ins Gras.
Hände entdecken Körper.

Entfernen störende Kleidung.
Bald können wir jedes Nervenende spüren.
Und zum Erbeben bringen.
Die Fingerkuppen gleiten sanft über die Haut.
Wo sie gewesen sind, bleibt eine Spur Gefühl zurück.
Die Gefühlsspuren verbinden sich.
Laufen ineinander zu einem Beben.
Alles ist Verlangen.
Du legst dich auf mich.
Ich gleite in dich hinein.
Wir sind am Ziel.
Unser Beben vereint.
Eins.
Am Horizont blinzelt Venus herauf.

Montag

Der Tisch, ein Küchentisch.
Mit einer gescheuerten Holzplatte.
Rustikal, schwer, groß.
Für eine Familie.
Aber wir sitzen uns allein gegenüber.
Ich sehe deine Augen.
Dein Verlangen.
Ich stehe auf.
Trete hinter dich.
Hauche dir einen Kuss auf den Scheitel, während meine Fingerkuppen beginnen, dein Gesicht zu erkunden.
Fingerkuppen sehen so viel mehr als Augen.
Ich fahre deine Stirn entlang.
Schläfe, Wangen, Augen, Mund.
Dann die Ohren.
Meine Hände gleiten zu deinem Hals hinab.
Ich trete neben dich.
Hebe dich auf den Tisch und ziehe dir langsam ein Kleidungsstück nach dem anderen aus.
Das Wunder Frau erscheint.
Meine Augen umfassen dich.
Doch meine Hände möchten auch sehen.
Und so gehen sie auf Erkundung.
Schlüsselbein, Achseln, Brüste, Bauch, Nabel, Schenkel, Füße, Zehen.
Lassen keinen Millimeter aus.
Danach erkunde ich dich mit meinen Lippen.
Mit meiner Zunge.
Mit den Zähnen.

Ich finde die Rose der Scham.
Ziehe den erregenden Duft ein.
Und fahre die Konturen der äußeren Schamlippen mit
der Zunge nach.
Sie öffnen sich und geben ihr süßes Geheimnis preis.
Ich hauche einen Kuss darauf.
Meine Zunge gleitet hin und her.
Zwingt dir ihren Rhythmus auf, dem du willig folgst.
Doch bald entgleitet dein Rhythmus in ein wildes
Zucken ...

Dienstag

Der Tisch steht in einem Restaurant.
Wir essen.
Langsam und mit Genuss.
Es gibt keine Eile.
Wir reden.
Wir tauschen Erfahrungen aus.
Blicken uns verliebt und sehnsüchtig in die Augen.
Soll es heute Abend sein?
Schon seit einer Weile streichelt dein Fuß unter dem
Tisch meine Beine.
Meine Schenkel.
Langsam näherst du dich meinem Schritt.
Streichelst weiter.
Meine Erregung wächst.
Du gehst hinaus.
Als du wiederkommst, schlüpfst du unter den Tisch.
Du streichelst mich.
Ich denke: Oh, in aller Öffentlichkeit?
Ich blicke mich um.
Keiner hat etwas bemerkt.
Die Tischdecke verdeckt dich vollkommen.
Vorsichtig öffnest du meine Hose.
Mein bereits erigierter Penis schlüpft hervor.
Du nimmst ihn zwischen deine Hände und streichelst
weiter.
Deine Berührung treibt mir Schauer über den Rü-
cken.
Du berührst mich mit der Zunge.
Sanft umschmeichelt sie die Eichel.
Du nimmst mich in den Mund.

Deine Liebkosungen werden intensiver.
Ich spüre deine Zähne.
Ich komme.
Du richtest mich wieder her.
Kommst elegant unter dem Tisch hervor und setzt dich.
Du lächelst.
Wir halten uns nur still an der Hand.
Wir fühlen uns verbunden.

Mittwoch

Wir sitzen am Tisch und trinken etwas.
Wir kommen gerade vom Joggen und sind ver-
schwitzt.
Das Blut pulsiert noch heftig.
Nicht nur wegen der Erregung.
Wir blicken uns in die Augen.
Plötzlich stehen wir auf.
Wir gehen gemeinsam ins Bad.
Wir ziehen uns gegenseitig aus.
Wir gehen unter die Dusche.
Das laue Wasser hüllt uns ein.
Läuft an unseren verschlungenen Körpern herunter.
Ich nehme die Seife und seife dich ein.
Langsam.
Sorgfältig.
Streichelnd.
Ich lasse keinen Teil deines Körpers aus.
Ich beginne am Rücken.
Langsam arbeite ich mich tiefer.
Der Po.
Ich knete etwas das zarte Fleisch.
Dann fahre ich die Beine hinab.
Die Füße.
Jede Zehe wird liebevoll behandelt.
Ich drehe dich um.
Beginne von vorne.
Die Brüste.
Hier geht das Seifen in Streicheln über.
Deine Warzen richten sich auf.
Ich nehme sie zwischen die Finger und lasse sie zart

rollen.

Der Bauch.

Der Bauchnabel.

Die Hände gleiten zur Scham.

Die Finger streichen die äußeren Konturen entlang.

Sie tauchen ein zwischen die Lippen.

Sanft hin und her gleitend.

Sie tauchen ein in das Innere ...

Hände gleiten an deinem Körper entlang.

Ergreifen von dir Besitz.

Lassen dich erbeben.

Lernen die Konturen, um sie für immer zu behalten.

Es ist nicht mehr Seifenschaum der aufsteigt.

Es ist der Schaum des Meeres.

Venus schaumgeboren ...

Ich umarme dich.

Gleite in der Umarmung an dir herab.

Du badest in meinen Berührungen.

Später hülle ich dich in Handtücher.

Meine Hände wiederholen die gelernten Konturen bis wohlige Wärme und Erschöpfung dich erreichen.

Ich hebe dich aufs Bett.

Donnerstag

Ein Couchtisch.
Sehr niedrig.
Ich sehe dich an.
Kann dich mit einem Blick von Kopf bis Knie er-
fassen.
Ich sehe nichts anderes.
Ich sehe dich.
Du öffnest die Beine.
Zeigst mir deine nackten Schenkel.
Das Dreieck der Scham.
Du lehnst dich etwas zurück.
Streichst mit deinen Händen die Schenkel entlang
Richtung Scham.
Du streichelst langsam.
Die Augen fest auf mich gerichtet.
Ich sitze wie erstarrt.
Mein Blick fixiert.
Deine Finger öffnen sie.
Die Rose.
Die zart glänzende Pforte deiner Weiblichkeit.
Du beginnst dich zu streicheln
Langsam, zart, wissend …

Freitag

Ja, Sissi ist zurückgekommen.
Vom Meer .
Aus dem Meer.
Da fällt mir ein Gedicht ein:

Venus

(Francisca Stöcklin 1894 – 1932)

O Tag der Gnade,
Sieg des frühlinghaften Glänzens!
Da sich das Meer
in dich hineingeliebt, die schlankste Welle
deine Anmutslinie zog.
Und dann ihr kluges Spiel
auf ewige Zeit
in deine Adern sang,
damit du sein Geheimnis
großen Liebenden erhältst.

Ihr Priesterinnen,
die in Venus Zeichen flammt,
fühlt oft die Sehnsucht
schmerzend nach dem Meere,
und in den höchsten Liebesfesten
Tod und Todesangst.

Du aber Göttin
schwebst unsterblich,
lächelnd über allem –
und mit bestrickender Gebärde
hält deine Hand
die rosige Muschel
des Verschenkens. Himmel und Qualen
der Jahrtausende!

Er sei doch in Wahrheit kein Autor, meint er lediglich. Und ich höre ihn dabei lachen, als ich doch gefühlsmäßig ein bisschen überrascht über diese leidenschaftliche Geschichtenflut als Antwort auf mein Gedicht reagiere und als ich ihm zurückmaile, nachdem ich mich meines eigenen schallenden Gelächters hatte entledigen können.

Hatte diesbezüglich schon etwas erfahrungsgeprägt eher damit gerechnet, dass er so auf die Art .... Na,na,na, Frau Lehrerin, was haben denn Sie für Phantasien .... reagieren würde!

Wollte ihm aber doch irgendwie einmal verständlich machen, dass ich nicht nur Gepunktetes oder Gestreiftes oder Kariertes, eventuell von einem Herrn Manager sogar als kleinkariert Deklariertes, im Talon hätte!

In petto sozusagen!

Nein, auch so manch erotische Story macht sich dann und wann in meinem Inneren breit und fordert in weiterer Folge gewissermaßen sehr vehement die Buchstabenverwandlung ein!

Wie er schon des Öfteren beteuert hatte, die wahren Abenteuer seien nun schließlich und endlich im Kopf.

Ist wohl wirklich so.

Natürlich hatte er immer wieder innegehalten, wie er mir im Nachhinein beteuerte, und sich auch das eine wie das andere Mal gefragt, ob er mir diese Gedanken überhaupt würde schicken wollen.

Außerdem vermisse er allemal meinen Geruch und die Erfahrung, wie ich mich in solch einer Situation anfühle.

Die physikalische Vorbereitung auf die Menschwerdung unserer Internet-Love-Story sei zumindest damit gelungen.

Hahaha.

Oder?

Sagt er.

Und aus der Distanz erwüchsen die Kostbarkeiten echter Liebe.

Und er zitiert Johann Wolfgang von Goethe:

„Die Trennung heißt der Liebe Bund erneuern."

Und ich zitiere Jean Jaques Rousseau: "Es gibt kein Glück ohne Mut."

The true text is, klärt mich mein Torsten auf, nicht zuletzt eine Leichtigkeit für ihn, wo er doch mehrere Sprachen perfekt spricht:

"Il n'y a pas du bonheur sans courage et de la vertu sans combat!"

I would say: No risk, no fun.

So is dat äben ...

Wat mutt dat mutt ...

und wat kümmt dat kümmt ...

Das bin nicht ich.

Ich bin kein Fatalist, sagt er auch.

Und ich bin halt manches Mal ein bisschen verrückt, sage ich.

Und in Träumen verwoben.

Auch auf die Gefahr hin, dass diese Träume sich so dann und wann erdreisten, wahr zu werden und gewillt sind, Konsequenzen von uns einzufordern.

Ich weiß derzeit allerdings nicht so recht, was ich von dem Ganzen halten sollte.

Eigentlich bin ich momentan mit einer Internet-Love-Story voll und ganz zufrieden.

Und ins Ausland möchte ich auch noch für einige Zeit.

Um mein Englisch zu manifestieren.

Und da brauche ich nicht unbedingt einen zu Fleisch gewordenen Internet-Lover.

Oder?

Natürlich, zugegebenermaßen, jetzt nach diesen tollen Geschichten bin ich schon neugierig auf diesen Mann.

Ist er in der Durchführung ebenso gut wie im Schreiben?

Dies wäre doch aufregend, es herausfinden zu wollen.

Soll ich?

Soll ich nicht?

Gibt es hinterher tatsächlich Konsequenzen?

Oder kann man dann alles ganz einfach so abhaken?

Und so weiter tun wie gehabt?

Ich bin von der nun entstandenen neuen Situation irgendwie überrumpelt.

Habe mir auf Urlaub so manches erträumt, wenn sich sein Heimatwind an meine nackte Haut gedrängt hatte und ich am Sandstrand sehnsuchtschwer der Unerfüllbarkeit gewahr worden war, aber ....

Vom Herzen her könnte ich mir da viel vorstellen ....

Aber was machen wir dann mit der Realität?

.... und mit unserer Internet-Love-Story?

Wo sie doch erst beginnt?

Und zur Venus-Kreation passend, sende ich ihm nun ein Foto von mir.

Aufgenommen bei meinem letzten Griechenlandurlaub.

Ein schönes Foto, wirklich!

Bei eigenen Bildern ist man für gewöhnlich ungemein kritisch, das kennt wohl jeder von uns, aber dieses Bild hat Ausstrahlung und lässt mich doch glatt jünger erscheinen.

Und es gibt jede Menge an virtuellen Blödeleien.

Von wegen der jeweiligen Tage und der unterschied-

lichsten Zusatzvarianten seiner Tischgeschichten.
Ein zu Worten mutierter Gedankentörn, der antörnt.
Ohne Ende.

My adored Miaztoler Freindin!
Dein Venusfoto ist wirklich großartig.
Und hat mich wieder einmal inspiriert.
Ich hoffe, dass dir diese Geschichte gefällt.

Meine Venus

Den ganzen Tag waren wir mit einer Gruppe unterwegs, um antike Stätten zu sehen. Der Tag war heiß gewesen. Die anderen waren zurück ins Hotel zum Baden gegangen oder um einen Drink zu nehmen. Eine besondere Stimmung oder Laune hielt uns zurück.
Nun waren wir allein.
Auf einer Klippe über dem Meer.
Der Wind blies lau von der See her.
Die Sonne lag tief und das grelle Licht des Tages war einem sanften, schmeichelnden Licht gewichen.
Ich mache ein Foto von dir.
Du lächelst.
Einer plötzlichen Eingebung folgend, entblößt du ein Bein.
Ich erschauere.
Dort ist Venus geboren!
Du entblößt das andere Bein.
Die Schönheit von antiken Statuen wird lebendig.
Dein weit geschlitztes, weißes Kleid bauscht sich im Wind.
Umschmeichelt dich.
Ich möchte dich in den Arm nehmen, meine Venus küssen!
Doch ich möchte auch diese Momente voller Erotik festhalten.
So mache ich Fotos.
Du treibst das Spiel weiter.
Siehst meine Erregung – spürst meine Erregung.
Entblößt dein Bein weiter – über den Ansatz des

Schenkels hinaus.
Dein Fleisch schimmert in der Sonne verführerisch.
Du drehst dich, dein Bein und dein Gesäß ins rechte
Licht rückend.
Eine antike Statue könnte nicht schöner sein.
Du entblößt eine Brust – wie die antiken Hetären.
Dein weißes Fleisch schimmert in der Sonne.
Die Warze rosig, erregt, aufgerichtet.
Ich kann mich nicht mehr zurückhalten.
Ich will dich, will die Hetäre, will die Frau, will die
Göttin, will Venus!
Ich stehe auf, gehe langsam auf dich zu.
Du streckst die Arme aus.
Legst deine Hände auf meine Schultern.
Hältst mich auf.
Mit Händen und Blicken.
Die Augen zeigen dein Verlangen - doch die Göttin
gibt sich nicht dem vom Tage verschmutzten und ver-
schwitzten Mann hin.
Die Göttin verlangt Makellosigkeit.
Reinheit gibt das klare Meer unter uns.
Wir steigen den Hang hinunter.
Ich voraus, um dich stützen zu können.
Du mit jetzt geschürztem Rock hinterher.
Ich möchte dich sehen, deine makellosen Beine.
Drehe mich um.
Du hast, ich habe es nicht bemerkt, dein Höschen aus-
gezogen.
Deine Scham blitzt unter dem Rand des aufgesteckten
Rockes hervor.
In meiner Erregung kann ich nicht mehr warten.
Ich will dich jetzt und hier!
Mit den Augen hältst du mich auf.
Gnade Göttin!

Doch Venus ist grausam, unerbittlich.
Erst wer aus dem Meer aufsteigt, darf sie besitzen!
Ich gehe weiter.
Vermeide es, mich umzusehen.
Der Weg wird steiler.
Du stützt dich auf mich.
Deine Hände berühren meine Schultern.
Brust an Rücken!
Jetzt Venus! ! !
! ! ! Nein! ! !
Endlich kommen wir unten an.
Schnell ziehen wir unsere Kleider aus.
Gehen Hand in Hand ins Wasser.
Der untergehenden Sonne entgegen.
Meine Erregung zeigt den Weg.
Wir tauchen ein, schwimmen, umarmen uns, versinken umschlungen.
Mann und Frau, Göttin und Sterblicher – eins.
Getragen von unserer Lust.
Gewiegt vom uralten Element – am Ziel des Lebens.
Ich trage dich an Land.
Halte meine Göttin in meinen Armen.
Vorsichtig lege ich dich nieder.
Küsse dich.
Küsse deinen Körper.
Lecke das Meersalz ab.
Der Geschmack von Salz vermischt sich mit dem Geschmack deines jetzt kühlen Fleisches.
Meine Lippen, meine Zunge huldigen dem Bein der Göttin.
Am Ende angekommen, huldigt meine Zunge der ewig weiblichen Göttin, die jetzt ihre Lust dem Meer entgegen schreit ...

Aphrodisiakum für eine Autorenseele!

Er weiß das!

Der Herr Manager.

Der Mann versteht nicht nur von seinen Geschäften etwas!

Spüre wie sich ein Spannungsfeld auftut.

In meinem Inneren.

Schmerzvoll.

Lustgetragen.

Himmel und Hölle gleichermaßen.

Aufregend.

Und ich frage mich:

Bleibt in dieser Konstellation lediglich die Donnerstag-Tischgeschichte für mich übrig?

Wo ich doch in erster Linie die übrigen Wochentagsstorys weitaus eher bevorzugen wollte?

Venus und die Miaztolerin.

Is ah net schlecht.

Denke ich mir.

Passt das?

Aber wie dem auch sei.

Weshalb gerade in diesem Punkt das Ganze hinterfragen wollen?

Nein, es tut zumindest gut.

Die Venus aus dem Miaztol zu sein.

Man sieht nur mit dem Herzen gut, heißt ja ein Spruch.

Den kann man auf alle Fälle zur Anwendung bringen, oder?

Ja, und ich trage doch tatsächlich ein bisschen von einer Venus in mir.

Das weiß ich.

Das fühle ich schon von Anbeginn an.

Und Torsten scheint ein Gespür dafür zu besitzen.

Und ich bin mir gewiss.

So wie er sich momentan outet, muss er ein toller Liebhaber sein.

Zweifelsfrei.

Und wenn ich in meinem Wunschdenken dann so alles Mögliche weiterspinne ... denke ich, ob er vielleicht der Mann in meinem Leben sei, der endlich meine Vielschichtigkeit erkennen kann ...

Gerade der Mann, den ich rundheraus als einen Kopfmenschen bezeichnen möchte ...

Oder ist er eventuell ebenso vielschichtig ausgestattet wie ich? ? ?

Was unser erstes Aufeinandertreffen betrifft ... klingt ja fast bedrohlich das Wort „Aufeinandertreffen", denn es inkludiert irgendwie Ziel und Aufprall eines Wurfgeschosses in einem ... ich würde in unserer globalen Zeit so manche neue Wörter kreieren ... wie in diesem Fall... anstelle des Wortes Aufeinandertreffen ... zum Beispiel ... das Wort Einandermeeting ... klingt das nicht so herrlich weich und einladend ... und ... und ... und ...

Bis es jedoch dazu kommt, sende ich ihm ebenfalls eine Tischgeschichte.

Büro

Torsten packt sein Notebook aus.
Stellt es auf seinen Schreibtisch.
Es ist heiß in seinem Büro.
Er geht zum Fenster, um es zu öffnen.
Ein kurzer Blick nach unten.
Häuser, Autos, ein paar Menschen.
Plötzlich sieht er eine Frau in einem langen weißen
Kleid.
Er träumt.
Er geht zurück zu seinem Arbeitsplatz.
Öffnet seine Dateien.
Alles penibel angeordnet.
Klick, klick, klick ...
Und dann hat er wieder das Bild seiner Venus vor sich
...
Seine Haut beginnt ganz plötzlich zu kribbeln ...
Seine Haut brennt ...
Seine Hände brennen.
Venus am Notebook.
Feuergezähmt.
Sinnlosigkeit der Eile in ihrem Blick.
Fluch der Hast.
Hohn des Getriebenseins.
Venus kommt auf ihn zu.
Langsamen Schrittes.
Ein sehnsüchtiges Lächeln umspielt ihren Mund.
Und ihre Arme streckt sie nach ihm aus.
Zieht ihn zu sich heran.
Und gemeinsam versinken sie in der Gischt des Mee-
res.

Ein Rauschen in seinen Ohren.
Und Sonnenglut auf seinem Rücken.
Heißer Sand.
Salzige Küsse.
Nasse Körper.
Beben.
Tosen.
Das Telefon schrillt.
„Herr Direktor, Ihre Mitarbeiter erwarten Sie bereits im Konferenzsaal!"

Zum Thema Venus meint er, lächelnd zwischen die Punkte hinein, dass die älteste zwar nicht im Miaztol, und auch nicht in der Steiermark aufgefunden worden sei, aber schließlich und endlich immerhin in Willendorf.
Und global gesehen liegt dieser Fundort nicht sehr weit von meinem Heimatort entfernt.
Nur vom Aussehen her würde er doch lieber auf die noch nicht so alte Venus, bezüglich der er vor Kurzem ebenfalls in Österreich nun fündig geworden sei, und jene Tatsache ihn überaus mit Stolz erfülle, zurückgreifen wollen.
Ja, und meine paar kleinen Speckfältchen finde ich in Anbetracht dieser Gegenüberstellung nun wirklich nicht weiter mehr allzu tragisch.
Und weil ich ihn immer wieder als einen Kopfmenschen bezeichne, möchte er zwischendurch dann einmal richtig stellen, dass er sich sehr wohl eines Kopfes bediene, dass er aber nichtsdestotrotz ebenfalls über Gefühle und auch über Intuition verfüge.
Naja, die Zukunft würde sichtbar werden lassen, wo reale Selbsteinschätzung mit einer etwaigen Fehlinterpretation der eigenen Persönlichkeit kollidieren sollten.

Alles in allem lebe er sehr stark für den Augenblick.

Und man könne vergangene Lebenssituationen, wie man weiß, nicht wieder zurückholen.

Dies vollführe er allerdings sehr verantwortungsbewusst unter Bedachtnahme seiner selbst und mit großer Achtung dem Partner gegenüber.

Die letzte Nacht habe er von seiner Venus geträumt.

Auf Kreta.

Und meine Gedanken gehen wieder kreuz und quer.

Zuerst die kleinen, sage ich mir, und dann die großen.

Sonst bekomme ich überhaupt keine Ordnung mehr in dieses heillose Gedankenchaos.

Gefühlssalat pur.

Und wir beben unserem ersten Einandermeeting entgegen.

Einander in der Zukunft Geschenk sein wollen.

Das wäre wohl ein sehr gutes Ziel, welches wir anpeilen sollten.

Hunderte Seiten auf Englisch geführte Konversation haben im jeweiligen Gegenüber bereits Spuren gegraben.

Feine, die man fast nicht sieht.

Tiefere, die auf der eigenen Vorstellungsebene bereits Konturen erhalten haben.

Wie weit sie einer Gegenüberstellung dann auch standhalten werden können?

Er zumindest würde zuerst die großen und dann erst die kleinen Dinge angehen, womit, wie in so vielen anderen Belangen auch, der Unterschied zwischen einem Businessmann und einer kleinen Lehrerin wieder einmal erkennbar wäre.

Aber er sei ein Romantiker.

Auch wenn er sich erträume, noch viele weitere Lie-

besgeschichten erfinden und mit mir nachspielen zu
wollen, würde er es trotzdem langsam angehen lassen.
Man grabscht ganz einfach nicht so mir nichts dir
nichts nach einer Frau.
Und auch von One-Night-Stands habe er sich bislang
zu distanzieren gewusst.
Es sei ganz einfach nicht das Seine.
Bei ihm gehöre mehr dazu.
Ja, das gefällt mir natürlich.
Die Venus in mir gebietet Achtung.
Fordert Langsamkeit.
Und Wertschätzung.
Und sie fordert vorerst auch eine gewisse Distanziert-
heit, was die gemeinsame Körperlichkeit angeht.
Sie ist zwar ein äußerst erotisches Wesen.
Aber sie ist sich für ein bloßes Abenteuer zu schade.

„Die Glocke"

von F. Schiller käme ihm da in den Sinn, sagt er.

"Vom Mädchen reißt sich stolz der Knabe,
Er stürmt ins Leben wild hinaus,
Durchmißt die Welt am Wanderstabe.
Fremd kehrt er heim ins Vaterhaus,
Und herrlich, in der Jugend Prangen,
Wie ein Gebild aus Himmelshöhn,
Mit züchtigen, verschämten Wangen
Sieht er die Jungfrau vor sich stehn.
Da faßt ein namenloses Sehnen
Des Jünglings Herz, er irrt allein,
Aus seinen Augen brechen Tränen,
Er flieht der Brüder wilder Reihn.
Errötend folgt er ihren Spuren
Und ist von ihrem Gruß beglückt,
Das Schönste sucht er auf den Fluren,
Womit er seine Liebe schmückt.
O! zarte Sehnsucht, süßes Hoffen,
Der ersten Liebe goldne Zeit,
Das Auge sieht den Himmel offen,
Es schwelgt das Herz in Seligkeit.
O! daß sie ewig grünen bliebe,
Die schöne Zeit der jungen Liebe!"

Einandermeeting.
Einander treffen.
Auf einander zugehen.
Gemeinsam.
Hand in Hand.

Weiter wandern.
Über die Lande.
Sich einander langsam nähern.
Schritt für Schritt.
Ohne Hast.
Ohne Eile.
Bis Nähe spürbar wird.
Und Gemeinsamkeit.
Nicht nur vom Kopf aus.
Herz und Seele.
In Harmonie mit dem Körper.
Teil des Universums sein.
Spüren.
Wir gehören zusammen.
Als das Höchste, was wir uns momentan vorstellen
können.
Jetzt aus der Distanz heraus.
Dann, wenn er mich am Bahnsteig abholen wird, sagt
er.
Ich träume.
Meine Seele ist irgendwie aufgehoben.
In solchem Fühlen.
Und dass ich seine Ehefrau verstehen könne, sage ich
ihm, dass ihr die straffe Strukturiertheit dieses für sie
neuen Landes zu schaffen gemacht hatte.
Eine fremde Kultur.
Zudem Feindseligkeiten, die sie auszuhalten hatte.
Die Fremde.
Die ungewohnte Sprache.
Der Mann ständig unterwegs.
Aber das Kind beim Vater zurücklassen?
Und wieder in die Heimat zurückkehren?
Zwei Autos hatte sie zuletzt zu Schrott gefahren?
Warum? War sie lebensmüde geworden? Depressiv?

Ja, es gibt Dinge, die verstehe ich ganz einfach nicht.

Welche Abmachungen gibt es zwischen den Eltern?

Frage ich mich auch.

Trotzdem denke ich, dass sich hinter Torstens intelligentem Kopf auch ein Herz zeigt.

Und Verantwortungsgefühl.

Und die E-Mails fliegen hin und her.

Torsten schreibt an seine Miaztoler Freindin.

An seine Sissi.

An seine Venus.

An seine Valerie Lani, wie seine Autorin im Pseudonym heißt.

Ich antworte meinem Businessman.

Meinem Torsten.

Meinem Torsten?

Er träumt von Plätzen, die wir gemeinsam aufsuchen würden.

Ich träume.

Sein Favorit in Sachen Gedicht, natürlich neben seiner Valerie Lani ist Theodor Storm.

Und hin und wieder kann er nicht anders, als mich daran teilhaben zu lassen.

Die Stadt

Am grauen Strand, am grauen Meer
Und seitab liegt die Stadt;
Der Nebel drückt die Dächer schwer,
Und durch die Stille braust das Meer
Eintönig um die Stadt.

Es rauscht kein Wald, es schlägt im Mai
Kein Vogel ohn Unterlaß;
Die Wandergans mit hartem Schrei
Nur fliegt in Herbstesnacht vorbei,
Am Strande weht das Gras.

Doch hängt mein ganzes Herz an dir,
Du graue Stadt am Meer;
Der Jugend Zauber für und für
Ruht lächeld doch auf dir, auf dir,
Du graue Stadt am Meer.

(Poet von Husum 1817 bis 1888)

I assume you will not find it romantic, because it is hard,
describes rough and does not describe things nice. But
I love it and to a certain extend it describes my being.
Before you get afraid I continue to cite Die Glocke:

Denn wo das Strenge mit dem Zarten,
Wo Starkes sich und Mildes paarten,
Da gibt es einen guten Klang.

„So bin ich mir sicher, wenn aus uns ein Paar wird, werden sich das Weiche und das Harte zu einer großartigen Resonanz zusammenfügen!"
Und viele leidenschaftliche Küsse hängt er mir an jede E-Mail daran.
Und Umarmungen.
Allesamt spürbar.
Wenngleich virtuell.

My adored Venus!
Werde um 15:30 in Bruck, Bahnsteig 2 sein. I am really excited and I can hardly await it ..!..!..!..!..!..!..!..!
Torsten

Lieber Torsten!

Auch für mich steigt die Spannung.
Valerie Lani .... spürst du bei diesen Worten die sanfte Wellengebung? ? ? ? ?
Bussi
Valerie

Liebste Valerie!

Ja, natürlich höre ich das Meeresrauschen bei diesen Worten!
Valerie Lani Valerie Lani Valerie Lani Valerie Lani Valerie Lani

Heute hatte ich außerdem einen wunderschönen Tagtraum:

Hand in Hand spazieren wir beide im Regen.

Das Wasser rinnt uns über den Kopf und die Wangen.
Wir lachen.
Wie die Kinder.
Unbeschwert.
Frei.
Dichte Wolken schütten mehr und mehr an Wasser auf
uns.
Über uns.
Es erfrischt unsere erhitzten Gemüter.
Wir wollen mehr davon verspüren.
Wir entkleiden uns gegenseitig.
Wir zerren an unseren nassen Kleidern.
Scheinen es fast nicht zu schaffen.
Wie festgeklebt sind Hosen und T-Shirts.
Meine Erregung will sich schier überhaupt nicht be-
freien lassen.
Es tut gut.
Kühlendes Regenwasser.
Weiche Hände.
Unter einer Dachrinne nehmen wir eine Dusche.
Nackt.

... noch 11 Tage und 15 Stunden ...

Torsten

My beloved Torsten!

Stundenlang wälzte ich mich heute Nacht schlaflos
hin und her.
Und eine Unmenge an buntesten Gedanken taten dies
ebenfalls.
Wir drängten uns sozusagen gegenseitig beinahe aus
dem Bett.

Geht doch auf die andere Seite, befahl ich ihnen immer wieder.
Oder macht einen Nachtspaziergang.
Aber lasst mich hier in Ruhe schlafen.
Jedoch umsonst gepoltert.
Sie wollten mich spüren.
Mir ganz nahe sein.
Und dann blickte ich voll Entsetzen auf die Uhr.
4 Uhr ... und noch kein bisschen Schlaf in Aussicht.
Und dann schlief ich doch ein.
Tief und fest.
Ein hörbares Schnarchen holte mich wenige Zeit später in meine Gedankenwelt zurück.
Aber oh ... oh ... oh ...
Was wird Torsten dazu sagen?
Eine Venus.
Mit verführerisch schönen Beinen.
Im weißen Gewand.
Und schnarchend ...???

Bussi
Valerie

My dear Venus!

Heute werde ich lediglich davon träumen, mit meiner Venus am Strand entlang spazieren zu wollen.
Wo immer sie mit ihren Füßen die Erde berührt, wachsen Blumen.
Und ich folge ihren Schritten.
Ihren Spuren.
Sammle all die Blüten und Blätter.
Um sie herum.

Werde ihr damit ein Bett machen ...

Und kein Problem! Das Schnarchen werde ich mit einem Kuss beenden!

An emotional good night kiss
Torsten

Beloved Venus,

die ganze Nacht über träumte ich von dir.
Wir befanden uns in Griechenland.

Seit zwei Tagen segeln wir die adriatische Küste gen Süden.
Bald müssen die griechischen Inseln auftauchen.
Es ist heiß.
Es weht nur ein schwacher Wind.
Aber genug, sodass wir vorankommen.
Da die Sonne brennt, halten wir uns meist unter dem Sonnensegel auf.
Deshalb sind wir beide auch nur mit einem Badeslip bekleidet.
Immer wieder schweifen meine Augen zu den sanften Rundungen deiner Brüste.
Ich berühre sie gerne.
Liebkose sie.
Führe die Rötung der Warze mit meinen Fingern nach.
Umkreise die Nippel.
Beobachte, wie sie sich zu ihrer vollen Schönheit aufrichten.
Wie das Blut pulsiert und sie dunkler erstrahlen lässt.
Aber die Disziplin geht vor.

Wenn die Inseln kommen, muss meine ganze Aufmerksamkeit auf den Kurs des Bootes gerichtet sein.
Von Zeit zu Zeit blicke ich auf die Karte.
Ich kenne sie längst auswendig, suche aber einen sicheren Ankerplatz.
Du liegst rücklings auf der Bank.
Du bückst dich, um einen Beschlag zu richten.
Du stehst am Ruder.
Deine wundervollen Brüste präsentieren sich mir in allen ihren Formen.
Flach und sanft das eine Mal.
Dann wieder lang und spitz.
Und dann ... von den Speichen des Rades eingerahmt.
Ich bin erregt.
Du siehst es.
Spürst es.
Lächelst, weil du meinen inneren Kampf ahnst:
Das Schiff segelt ruhig – nimm sie!
Die Inseln sind noch fern – nimm sie!
Doch meine Verantwortung siegt.
Ich sage mir:
Noch eine Stunde.
Dann finde ich einen Ankerplatz.
Doch eine Stunde mit dieser Versuchung ist lang.
Du kommst mit einer Erfrischung.
Von deinem Glas tropft ein wenig roter Saft auf deine Brust.
Läuft hinab zur Spitze.
Bleibt dort hängen.
Glitzert in der Sonne.
Wie um mir zu sagen:
Leck mich ab.
Nein, wenn ich mich jetzt dazu hinreißen lasse, sind

wir erst einmal abgelenkt.

Du wischst den Tropfen mit deinem Handrücken weg.

Reichst mir deine Hand.

Ich küsse sie, so den Tropfen aufnehmend.

Das Blut der Venus.

Jetzt bin ich IHR vollends verfallen.

Nun erreichen wir die erste Insel.

Das Ankermanöver lenkt mich für einige Zeit ab.

Kann aber nicht meine Erregung dämpfen.

Dann ist das Boot gesichert.

Wir ziehen auch noch unsere Slips aus.

Lassen uns ins Wasser gleiten.

Schwimmen nebeneinander.

Tauchen miteinander.

Ich sehe deine Silhouette in dem blaugrünen Wasser.

Die Konturen weich ... in den Sonnenstrahlen, die durch die Wasseroberfläche dringen ... oszillierend ...

Venus vor ihrer Geburt.

Ja, Venus, die Schaumgeborene.

Venus, geschaffen aus Licht und Meer.

Die Schönheit von Meer und Sonne verdichtet sich zur Frau.

Ich beobachte, wie du auf den Strand schreitest.

Die Sonne umschmeichelt dich nun mit deinem Glanz.

Die Wassertropfen glitzern.

Venus, die Perlengeschmückte.

Ich umarme dich.

Wir taumeln vor Erregung.

Wir fallen in den weichen, warmen Sand.

Wir sind überpudert mit Sand.

Ich hebe dich auf.

Lehne dich an einen vom Winde schrägmodellierten

Baum.

Und beginne den Sand von deinem Körper fortzu-
streicheln.

Die Sandkörner vertausendfachen die Berührung
meiner Finger.

Du bebst jetzt vor Erregung.

Doch erst muss die zarte Haut vom harten Element
befreit werden.

Bald stöhnst du und windest dich.

Deine Haut besteht nur noch aus Nerven.

Sand, Erde verbinden sich mit Venus zu einer Symphonie der Elemente.

Venus, die Schaumgeborene.

Venus, geschaffen aus Licht und Meer.

Erdverbunden.

Du öffnest die Arme.

Ich komme zu dir …

Noch bebend und tief atmend kommen wir wieder
zu uns.

Auf dem Weg zurück zum Schiff spüren wir, wie unsere Erregung vom Meer weiter getragen wird.

Werden eins mit dem sanften Heben und Senken des
Meeres.

Wir sind die Elemente!

10 days, 3 hours

Have a great day
Torsten

Hallo Torsten!

… und du meinst, du seiest kein Autor???

… du hast es nur bislang noch nicht gewusst … die

Weiblichkeit steht in vollem Saft, wenn sie deine „hinausgezögerten" Ausführungen liest ... das kann ich bei meiner Seele und auch bei meinem Körper beschwören ...

... nur das mit dem Baum, auf welchen du deine Venus zu drapieren gedenkst ... klingt wohl ein bisschen rau ...

... und das mit dem Sand gleicht eher einer Symphonie eines nicht unbedingt auf zu lange Zeit auszudehnenden Körperpeelings ...

... gut, dass du meine sehr realistische E-Mail zur Abkühlung hast lesen dürfen ... oder???

... wünsche dir auch noch einen schönen Tag ...

Bussi
Valerie

Hallo Torsten!

Die Reise nach Rügen habe ich sehr genossen.
Vor allem die Lieblichkeiten dieser Region.
Ebenso gefielen mir die wunderbaren Tore von Neubrandenburg, auch die Städte Rostock und Schwerin ...
Hiddensee war außerdem traumhaft schön.
Keine Autos ... die Gepäckstücke werden hier per Handwagen transportiert ... dieses Ambiente lädt zum Verweilen ein ... lässt Freiräume für Kreativität zu.
Viele Künstler haben dies auch schon vor meiner Zeit

gespürt, wie zum Beispiel Gerhart Hauptmann, dem auf dieser Insel sogar ein Museum gewidmet ist.

Und so herrlich sommerlich heiße Tage ... ein wahres Glück, dass meine Freundin Hildegard und ich auch Badesachen dabei hatten, und wir uns in den Zwischenpausen am Strand räkeln konnten ... und in der ansonsten so kalten Ostsee ...

Ganz besonders freut sich ein Autorenherz jedoch, wenn die tolle Reiseleiterin, die uns die ganze Woche über mit sehr interessanten Details über Land und Leute und Geschichte begleitet hat, mit meinem Gedicht, welches ich auf der Fahrt geschrieben habe, die Reise beendet.

Rügen

Rügen
wie
sich fügen
in den Gleichklang der Langsamkeit

Rügen
wie
sich begnügen
mit dem Getragensein in ruhevolle Sanftheit

Rügen
wie
sich nicht mehr betrügen
mit der Kopflastigkeit unserer Zeit

Rügen
wie
sich von nun an ersiegen
die Seelenewigkeiten der Gelassenheit

... und nun zähle auch ich schon die Stunden bis zu
unserem Einandermeeting.

a big kiss from your
Valerie

My dear Valerie!

**Valerie Lani Valerie Lani Valerie Lani Valerie
Lani**

Yes I can hear the sea, the wind, the earth, the universe…
the soul.

**Valerie Lani Valerie Lani Valerie Lani Valerie
Venus**
    Artist
      Love
        Eternity
          Responsibility
          Imagination
          Emotion
        Lonely
           Aphrodisiacum
          Nude
           Intense

Entschuldige bitte die Nacktheit, sie drängte sich mir
auf, weil ich ständig das Venusbild vor mir sehe.
Dein nacktes Bein.
Deine nackten Arme.
Immer wieder sehe ich mir das Foto an.
Voll Begeisterung und Vorfreude.
Bin dir dann sehr nahe.
Schwingungsmäßig, meine ich natürlich.
Und ich könnte dir den ganzen lieben langen Tag
schreiben.
Aber ich muss meinen Sohn versorgen.
Ein paar Streicheleinheiten nach dem Erwachen.

Und dann starten wir in unser heutiges weiteres Programm.

I wish you a great day and send you a vitalising kiss.
Torsten

My beloved Valerie!

Der Autor meiner inneren Lebensfreude meldet sich
wieder einmal zu Wort:

Valerie Lani

Heute ist der Tag.
Ich werde Valerie treffen.
Vor Aufregung werde ich früh wach.
Noch sieben Stunden bis zum Flug.
Also schalte ich erst einmal den Fernseher ein.
Und setze mich auf mein Standfahrrad.
Ich kann den Nachrichten nicht folgen.
Meine Gedanken sind bei Valerie.
Ich schalte auf die Fluginformationen.
Gibt es irgendeine Notiz über den Flug – on time.
Ich trete mein Fahrrad.
Mein Blut pulsiert –
Valerie Lani ...
Valerie Lani ...
Valerie Lani ...
Ich dusche.
Das kalte Wasser beruhigt mich etwas.
Was ziehe ich an?
Kann ich leger kommen oder eher casual?
Wir haben uns schon viel geschrieben, aber eigentlich
weiß ich noch nichts von ihren Gewohnheiten und
Vorlieben.
Meine Valerie ...
Wir teilen uns viele Gedanken im Kopf.
Nun, in den letzten Mails waren wir nicht immer im
Gleichklang ...
Aber das muss man ausdiskutieren.
Vielleicht ist es einfacher, wenn man sich einmal ge-
troffen hat.
Ich wähle casual.

Ein letzter Blick in den Koffer.
Nichts vergessen?
Nein.
Alles da.
Ich schließe den Koffer.
Ein Glas Orangensaft.
Und schon sitze ich im Auto.
Noch fünf Stunden bis zum Flug.
Viel zu früh!
Aber sicher ist sicher.
Ich bin die Strecke schon hunderte – nein tausende –
Male gefahren.
Doch heute ist alles anders.
Valerie Lani ...
Valerie Lani ...
Valerie Lani ...
Meine Gedanken kreisen nur noch um Valerie.
Und ob ich rechtzeitig zum Treffen komme.
Ich bin schon viel gereist und war selten verspätet.
Aber heute kommen mir in Gedanken all die Mög-
lichkeiten:
Es kann einen Stau geben.
Das Auto kann versagen.
Das Flugzeug ist verspätet.
Der Flug wird annulliert.
Ich erreiche den Zug nicht ...
Auf der Autobahn denke ich noch einmal zurück.
Valerie sendet ... liebe Grüße aus der Steiermark ...
Ich fühle mich von der Steiermark angesprochen und
wundere mich über die Punkte.
Frage nach.
Von da an bewegen wir uns auf den Punkt zu.
Auf unser Einandermeeting, wie Valerie es unter Ver-
meidung von üblichen doppeldeutigen Worten ge-

nannt hat.

Zuerst kam der Wunsch zögernd.

Dann nach einer Pause, in der Valerie meine Ostseeluft geschnuppert hatte, ging es rasend schnell.

Valerie Lani ...

Valerie Lani ...

Valerie Lani ...

Ich erreiche den Flughafen.

Gehe in den Eingangsbereich.

Sehe auf die Anzeigetafel.

Mein Flug noch ganz weit unten, aber on time.

Ich bin immer noch viel zu früh.

Ich gehe zum Einchecken.

Die Dame ist freundlich geschäftig wie immer.

Möchten Sie Fenster oder Gang?

Einsteigezeit ist 11:30, Gate 14.

Bitte seien Sie pünktlich, ich wünsche einen guten Flug ...

Ich gehe durch die Kontrollen.

Gehe in die Lounge.

Hole mir einen Kaffee.

Setze mich.

Ich schließe die Augen.

Valerie Lani ...

Valerie Lani ...

Valerie Lani ...

Ich lasse weiter den Schriftwechsel in meinem Gedächtnis Revue passieren.

Das Buch.

Die Gedichte.

Die Bilder.

Unsere erotischen Skizzen.

Stopp, zu viele Konsonanten und so harte.

Das mag Valerie nicht und passt auch nicht zur Erotik.

Was gibt es anstatt Skizzen?

Ich wähle das englische View.

Ich schreibe doch sonst nicht solche erotischen Views.

Warum mit Valerie?

Was ist da zwischen uns?

Habe ich mich provozieren lassen?

Nun, bei dem Venus Foto kommt man natürlich von ganz allein auf solche Gedanken.

Verwandte Seelen?

Inspiration?

Valerie Lani ...

Valerie Lani ...

Valerie Lani ...

Endlich ist es so weit.

Ich kann einsteigen.

Zum Glück habe ich eine Sitzreihe für mich allein.

So kann ich weiter meinen Gedanken nachhängen.

Das Flugzeug startet.

In einem weiten Bogen dreht es nach Süden.

Ich sehe bereits die Berge.

Wie immer schaue ich auf die faszinierende Gebirgslandschaft unter mir.

Doch diesmal gehen meine Gedanken in eine andere Richtung.

Hinter diesen Bergen treffe ich in wenigen Stunden Valerie!

Fahrt ins Blaue.

Wo in dieser Weite werden wir zusammensein?

Wo werden wir uns erkennen?

Valerie Lani ...

Valerie Lani ...

Valerie Lani ...

Gelandet.

Noch eine gute Stunde bis der Zug abfährt.

Ich besorge mir eine Karte, erkundige mich genau nach der Plattform, damit auch wirklich nichts schief geht.

Ich nicht in den falschen Zug einsteige.

Ich trinke einen Kaffee.

Ich bleibe aber nicht lange sitzen.

Ich laufe herum.

Dann steht der Zug im Bahnhof.

Ich steige ein.

Suche mir einen Platz.

Endlich fährt der Zug.

Ich schaue nach draußen.

Nehme aber gar nicht wahr, was ich sehe.

Wie wird unser erstes Treffen wohl laufen?

Soll ich Sie anschauen?

Umarmen?

Küssen?

Oder ist das zu schnell?

Da kommt mir plötzlich ein schrecklicher Gedanke.

Es durchzieht mich wie ein Schauer.

Wenn sie nun nicht kommt?

Mich mit all meiner Erwartung allein lässt?

Nein, das glaube ich nicht.

Der Zug fährt in den Bahnhof ein.

Schon im Vorbeifahren erkenne ich Valerie.

Meine Valerie.

Ich verlasse als Erster den Zug.

Ich gehe auf sie zu.

Umarme sie.

Spüre sie.

Das Beben aus den Mails.

Plötzlich ist es Wahrheit!

Valerie Lani.

Wir küssen uns ...

Von diesen Vorstellungsbildern getragen, beginne ich meine neue Arbeitswoche, die mich wieder unserem Einandermeeting näher bringen wird.

Now I wish you a great week and send you an exciting kiss.

Torsten

Hallo Torsten!

Samstag, 29. Juli, 7:00

Mit Schwung gehe ich in meinen neuen Tag hinein
... es ist schön, von lieben Gedanken gehalten zu sein
... es ist schön, einem pflichtbewussten Menschen begegnet zu sein ... pflichtbewusst ist er in seinem Job, pflichtbewusst und liebevoll seinem Sohn gegenüber
... pflichtbewusst, auch was mich angeht ...
zudem auch ein Gleichklang zwischen unseren gegenseitig übermittelten Zeilen ...
ach, wie herrlich ist da das Leben ...
der Himmel ist noch blauer als sonst ... die Vögel haben noch schönere Lieder ...
der Spiegel meint es auch gut mit mir, wenn er mir zur Abwechslung einmal nicht auf meine Orangenhaut, sondern in meine strahlenden Augen blickt...
Seele, was willst du mehr ...

Samstag, 29. Juli, 17:23
Bin nach einer zweistündigen Walking-Tour zurückgekommen ... recht verschwitzt, denn es ist sehr schwül heute.
Nach einer erfrischenden Dusche und dem sorgfältigen Eincremen ... das mit der Orangenhaut ist eigent-

lich gar nicht so arg bei mir, denke ich mir doch glatt dabei ... so wie ich dies, immer wieder einmal zum Tragödisieren neigend, vorhin gerade meinem Tagebuch erzählt habe ... und ... von Torsten ... eingecremt zu werden ... wäre natürlich jetzt in meinem rundum Wohlfühlen noch der Überhit, denke ich mir dann auch ...

Bald darauf setze ich mich wieder einmal vor mein Notebook, um eine Mail an ihn zu senden ...

Samstag, 29. Juli, 21:02

Habe gerade eine Runde in meinem Garten gemacht, weil es draußen noch so herrlich lau ist. Ein paar Himbeeren zum Naschen, ein paar Erbsen, die ich eigentlich nur für mein Enkelkind Julietta gepflanzt habe. Den armen Fuchsienstock musst du noch gießen, denke ich mir ebenso, ermahne mich und tue es schließlich und endlich auch.

Einmal tragen mich meine Gedanken ins ferne Deutschland, dann zu meinem Enkelkind, welches momentan eine Woche bei seinem Papa verbringt, dann zu meiner Tochter, die sich als Hebamme mit einer Menge an Überstunden herumschlagen muss, dann wieder zu meinem Sohn, der gerade vorhin angerufen hatte, um mir mitzuteilen, dass das Kajakfahren in Tschechien, welches er mit seiner Freundin und einigen seiner Kumpels unternommen hat, spannend und eine Gaudi gewesen sei.

Aber immer ende ich in Gedanken bei meinem mir bereits vertraut gewordenen Torsten.

Vertraut auch seine regelmäßigen E-Mails, weshalb ich einmal Nachschau halten will, ob er von seinem Ausflug mit seinem Sohn schon zurückgekehrt ist.

Schade, leider umsonst nachgesehen.

Samstag, 29. Juli, 22:30

Lese ein sehr unterhaltsames Buch, „Der zweite Frühling der Mimi Tulipan", aber jetzt fallen mir nun wirklich schon wie von selbst die Augen zu.
Habe in der Zwischenzeit schon zwei weitere Male probiert, ob denn Torsten, wie sonst immer auch, nicht doch noch ein paar Gute-Nacht-Zeilen geschrieben hat.
Nein, wieder nichts.
Du bist ja wirklich ein Kindskopf, sage ich zu mir, jetzt sind Ferien, da wird's später, und es kann ja überhaupt sein, dass sie heute auswärts übernachten.
Falle ins Bett.
Traumlos.

Sonntag, 30. Juli, 6:45

Schon seit zwei Stunden wälze ich mich im Bett.
Und ich drehe auch meine Gedanken von einer auf die andere Seite.
Nun habe ich gerade wieder nachgesehen, ob Torsten mir geschrieben hat.
Leider nein.
Wahrscheinlich ist es gestern tatsächlich sehr spät geworden.
Oder sie haben wirklich anderswo übernachtet.

Sonntag, 30. Juli, 6:55

Habe mir ein Glas Wasser geholt und stehe nun am Balkon, bemerke, dass es noch etwas frisch ist, und sehe ins Tal. Gott, hab' ich's schön, denke ich mir, und strecke mich wie eine Katze.
Vielleicht hat er ja doch gerade erst seine Zeilen in seinen Computer getippt, als ich vorhin nachgesehen hatte, überlege ich, und sehe nochmals in mein Outlook.
Wieder nichts.
Wie ein Stein legt sich diese Tatsache auf meine Herz.
Erwartungshaltung nennt man das.
Ich weiß es.
E r w a r t u n g s h a l t u n g ! ! ! ! ! ! ! ! ! ! ! !
E r w a r t u n g s h a l t u n g ! ! ! ! ! ! ! ! ! ! ! !
E r w a r t u n g s h a l t u n g ! ! ! ! ! ! ! ! ! ! ! !
Sollte man nicht haben.
Zumindest nicht in diesem Ausmaß.
Weiß ich auch.
Aber irgendwie trübt sie doch mehr als nur ein bisschen mein schönes Gefühl.

Sonntag, 30 Juli, 7:10

Meine Turnübungen für meine schon etwas ramponierte Wirbelsäule habe ich gerade hinter mich gebracht.
Heute habe ich mir dazu keine Panflötenmusik aufgelegt, wie ich es sonst immer tue.
Dabei habe ich so viel Zeit.
Irgendwie fühle ich mich bereits etwas ausgeklinkt.
Sich von etwas ausklinken.
Hat man da bereits die Türklinke in der Hand?
Und setzt man da bereits schon den ersten Schritt zur Flucht an?

109

Und was erwartet einen dann hinter der Tür?

Das Licht?

Oder der Abgrund?

Ich muss es mir eingestehen, irgendwie fühle ich mich in meiner Harmonie irritiert.

Gravierendst.

Massivst.

Und Torsten hat noch immer nichts von sich hören lassen.

Vielleicht ist er tatsächlich nicht nach Hause gekommen.

Mach dich nicht verrückt damit.

Sage ich immer wieder zu mir.

Sonntag, 30. Juli, 10:30

Ganz ohne Frühstück bin ich mit meinen Walking-Stöcken gleich los durch den Wald gezogen. Ein paar Blaubeeren und ein paar Schwarzbeeren und ein paar Heidelbeeren waren meine Wegzehrung. Irgendwie habe ich für ein Frühstück auch jetzt nach dem Nachhausekommen nicht meinen gewohnten Appetit.

Und nicht meine übliche innere Balance.

Nach der Dusche dann das gewohnte Spiel am Notebook.

Du bist wahrlich verrückt, sage ich zu mir.

Und kann dann doch nicht anders.

Der Mensch ist ein Gewohnheitstier, sage ich mir auch.

Sonntag, 30. Juli, 12:00

In großer Dankbarkeit habe ich vorhin am Balkon im Schatten - nun endlich - gefrühstückt. Und es wirklich genossen. Ja, frühstücken, wann ich es will. Das ist ein ganz besonderer Komfort.

Sehe allerdings hinterher sogleich wieder einmal im Internet nach und meine wirklich, dass ich ein bisschen blöd sein muss. Oder sogar sehr blöd. Was soll denn das Ganze? Ein Psychoterror, der sich ganz gegen mich zu richten scheint, und noch dazu von mir eigenhändig verursacht, das heißt sozusagen hausgemacht ist!

Wenn er länger verreisen hätte wollen, dann hätte er es mich sicherlich wissen lassen ...

Vielleicht sollte ich einmal in seinem Profil der Agentur nachsehen, wann er dort das letzte Mal einen Login getätigt hat.

Das kann man nämlich.

Und dann weiß ich, ob er seinen Laptop bei sich hat oder nicht.

Gedacht, getan.

Passwort:xxxxxxx

Manager, 56 Jahre, letzter Login: 30.Juli.

Ein Schreck durchfährt mich.

Aha, entweder gestern nach dem späten Nachhausekommen oder heute in der Früh hatte Torsten Zeit gefunden, sich dort einzuloggen.

Aber keine Zeit, um drei Worte an mich zu richten.

Und dann grüble ich natürlich darüber.

Warum? Wieso ? Weshalb?

Warum? Wieso ? Weshalb?

Warum? Wieso ? Weshalb?

Ich bin völlig von der Rolle.

Von welcher Rolle?

111

Von der Gewohnheitsrolle?

Von der Schauspielrolle?

Oder spult sich gerade alles bislang in dieser Beziehung Aufgerollte gerade wieder in Windeseile ab?

Die negativen Gedanken, die sich nun zu Hauf in meinem Inneren angesammelt haben, gelten dabei natürlich nicht so sehr Torsten, als mir selbst, die ich durch das starke Fühlen diesem Menschen gegenüber alle bislang erhaltenen Dating-System-Kontakte beendet habe ... ich dumme Nuss ... kennst den Mann noch gar nicht und machst mit allen anderen Schluss! Naja für einen derartigen Menschenausverkauf bist du halt nicht wirklich geeignet, sage ich zu mir.

Sale!!!!!!!!!!!!

Partnerausverkauf!!!!!!!!!!!!

Sale!!!!!!!!!!!

Partnerausverkauf!!!!!!!!!!!!

Sale!!!!!!!!!!!

Partnerausverkauf!!!!!!!!!!!!

Was hast du dir auch anderes erwartet?

Viele Gedanken.

Traurigkeit.

Resignation.

Enttäuschung.

Loslassen, sage ich zu mir.

Und zur Ruhe kommen.

Und wieder in die Realität einsteigen.

Sich in weiterer Zukunft nichts vormachen wollen.

Du fühlst halt immer wieder sehr tief, sage ich zu mir.

Das wirst du auch nicht so ganz ablegen können.

Aber du musst dich schützen lernen.

Wie man dies allerdings macht?

Sonntag, 30. Juli, 21:04

Torsten hat a sign of life getätigt, und morgen sollte eine ausführlichere Mail folgen.

Montag, 31. Juli, 6:50

Torsten hat seine versprochne Mail natürlich noch nicht abgesandt ... wie sollte er auch ... er ist ja schließlich kein Zauberer ... entschuldige ich ihn ... bloß, damit mein Inneres nicht wieder in Panik verfällt ... ja, sehr oft hatte er mir in der Vergangenheit sogar um 1 Uhr nachts oder um 4 Uhr morgens geschrieben ...

Montag, 31. Juli, 13:00

Torsten hat noch immer keine Zeit gefunden, mir eine Mail zu senden.
Cool bleiben! Würde mein Sohn wohl in solch einer Situation zu mir sagen. Aber er ist ja nicht hier.

Wieder logge ich mich ein: xxxxxxx

Manager, 56 Jahre, letzter Login am 31. Juli

.... peng, peng, peng ....
.... macht's da irgendwo in mir ....

Was soll das tatsächlich bedeuten?

... der Mann hat nur geschwärmt von dir ... pocht es in meinem enttäuschten Herzen ... er hat sich lediglich von deinem verrückten Gedicht antörnen lassen ... hat sein Internet-Spielchen an dir vollführt ... hat dir in

Wahrheit auch gar nichts versprochen ... er braucht ja
gar keine Frau ... er hat ja gar keine Zeit dafür ... hat er
dir wiederholt beteuert ... und wenn er eine braucht,
dann eine, die in seiner Nähe wohnt, denke ich mir
... für hin und wieder ... nicht eine, die so kompliziert
entfernt lebt wie du ...
schade ...
auch wegen der English-lessons ...
Ich laufe vorerst hin und her. In die Küche, auf den
Balkon, in das Wohnzimmer, in mein Atelier. Dabei
laufe ich ansonsten nie so hektisch durch die Gegend.
Nun stehe ich vor einem Bild, das ich erst kürzlich
gemalt habe. Eine Frau kann man darauf erkennen.
Schemenhaft. Und ihre Nacktheit wird von dunklen
Schatten und auf sie herabstürzenden Weltgebäuden
bedroht. Aber nur scheinbar. In Wirklichkeit überlebt
sie dieses gemalte Desaster. Ja, das ist mein Bild, sage
ich zu mir. Es umfasst zumindest ungemein drastisch
meine derzeitige Situation.
Langsam, Stufe für Stufe, gehe ich wieder an meinen
Schreibplatz.
Setze mich hin.
Und ich beende die ganze Sache.
Fühle, dass ich nicht gemacht bin für solch einen Part-
nerausverkauf und eine derart stressige Internet-Love-
Story.
Sale.
Sad.
Logge mich als ein immer noch registriertes Chiff-
re-Wesen in das Dating-System ein und teile Torsten
auf diesem Wege mit, dass ich unsere ganze gemeinsa-
me Internet-Partner-Ausverkaufs-Geschichte beenden
möchte.
Fühle mich im Internet-Netz verstrickt.

Heillos.

Ich, immer wieder mit meinen überstarken Gefühlen.

Es ist ja zum Verrücktwerden.

Aber ich will nicht wieder von einem Mann ausgenützt werden.

Ich bin es mir wert.

Ich bin mehr wert als nur für ein Spiel.

Ein Internet-Spiel.

Auch Internet-Love-Storys sind Regeln unterworfen.

Hallo meine Valerie!

Darf ich dich überhaupt noch so nennen? Ich habe im Moment ein wenig das Problem, deine Reaktion zu verstehen. Ich hatte mich auf dich fokussiert und mich wirklich unheimlich auf die nächste Woche gefreut. Also bitte verstehe meine Ratlosigkeit.

Ich wünsche dir eine gute Nacht

Bussi Torsten

Herzklopfen.

Beschämt und doch auch irgendwie befreit, eile ich in meine Antwortseite hinein.

Hoffentlich nimmt er mein Statement an.

Ich bebe am ganzen Körper.

Vertippe mich.

Kann auch so gar nicht richtig den einen wie den anderen Gedanken erfassen.

Gottlob! Denke ich nur immer wieder.

Gottlob!

Er hat ja gar nicht mit dir gespielt!

Voll Hast tippe ich weiter meine eiligen Zeilen:

Hallo Torsten!

... hoffe, du schaust noch heute rein ... natürlich ...
eben ... du hast mich in der Vergangenheit sehr stark
mit Mails verwöhnt ...
der Vorwurf gilt eigentlich nicht dir, sondern nur meinem Gefühlssalat ...
und ich möchte dich auch nächste Woche unbedingt
kennen lernen ...
ich habe mich ebenfalls schon so sehr darauf gefreut
und das Einandermeeting herbeigesehnt ...
aber ich bekam ganz schreckliche Zweifel daran ...
die Aufregung auf das erste Kennenlernen hin ...
all die bereits vorhandenen Gefühle ...
ich verstehe ja deine momentane Ratlosigkeit ...
verstehe bitte auch du ein bisschen mein Gedankenchaos ...
Anbei meine Tagebuchaufzeichnungen, damit du spüren kannst, wovon ich rede.

schlaf gut ...
sorry, wenn ich das jetzt
so sage:
ich hab' dich lieb ...
deine Valerie

Meine liebste Valerie,

wir haben natürlich eine etwas schwierige Situation:
Wir kennen uns nicht (physisch).
Wir kennen uns (psychisch).
Wir sind uns fern (physisch).
Wir sind uns nah (psychisch).

116

Und ich sehe außerdem keine schnelle Lösung, eventuell mit dir zusammen leben zu können.
Daher werden wir noch auf absehbare Zeit auf Mails angewiesen sein und uns nur sporadisch sehen.
Das erfordert Stärke und Vertrauen.
Ich bitte eben um Verständnis, dass ich nicht immer schreibe oder schreiben kann.
Mein Arbeitstag hat meist 14 Stunden.
Ich reise viel und muss dann noch meinen Sohn betreuen.
Daher hatte ich dein ursprüngliches Verständnis natürlich mit Begeisterung aufgenommen.
Somit hoffe ich auch, dass wir aus diesem Chaos einen Ausweg finden.
Ich freue mich, dich in einer Woche sehen und in meine Arme nehmen zu dürfen.
Deine Liebeserklärung nehme ich gerne entgegen, sie erfüllt mich mit Freude und Hoffnung.
(Wär' aber vielleicht noch schöner in Dialekt gewesen!?)
Ich wünsche meiner Valerie eine gute Nacht, sende ihr süße Träume und schließe ihre Augen mit zärtlichen Küssen.

Torsten

Meine liebe Valerie,

heute möchte ich mit einem Zitat von Antoine de St
Exupéry beginnen:
On ne voit bien qu'avec le cœur, l'essentiel est
invisible pour les yeux
Keine Angst. Ich wechsele jetzt nicht zu Französisch-
Lektionen.

Aber dieses Zitat ist für uns hier und heute so passend,
dass es sich mir geradezu aufgedrängt hat.
Und nun zu meiner Darstellung der Dinge:

Sonnabend:

Ich bin wie immer früh aufgestanden.
Mein Sohn schläft noch.
Ich mache die Vorbereitungen für das Frühstück.
Bereite den Tag vor.
Gehe zum Bäcker und hole meinem Sohn seinen geliebten Amerikaner.
Schwarz-Weiß, wie er es mag.
Er schläft immer noch.
Also Zeit, ein paar Zeilen für Valerie zu schreiben.
Ich habe die Idee, die Schwingungen aus Valerie Lani
zu analysieren.
Was ist Valerie?
Ich suche für jeden Buchstaben ein passendes Wort.
Nicht ganz einfach.
Jetzt habe ich es.
Mein Sohn wird wach.
Ein paar Abschlusszeilen und ich sende die Mail ab.
Dann gehe ich zu meinem Sohn.
Wir kuscheln.
Ich streichle ihn.
Auch mit zwölf Jahren ist er immer noch anhänglich
und braucht das.
Wir überlegen, was wir machen wollen.
Mein Sohn schlägt eine Radtour mit Übernachtung
vor.
Wir frühstücken.
Bereiten unsere Räder vor.
Suchen Zelt und Schlafsäcke.
Wir radeln los.
Kurz nach Mittag erreichen wir den Zeltplatz.

Wir kaufen uns eine frisch geräucherte Forelle und verspeisen diese.

In der Nähe des Zeltplatzes gibt es einen Kajakverleih.

Mein Sohn möchte Kajak fahren.

Wir mieten uns zwei Kajaks und machen uns auf den Weg flussabwärts.

Gegen Abend erreichen wir den Sammelpunkt, wo wir die Boote auf einen Trailer laden und mit einem Kleinbus wieder flussaufwärts gebracht werden.

Wir fahren mit den Rädern zu einer Brauerei zum Abendessen.

Später klettern wir noch ein wenig im Wald umher und machen es uns dann im Zelt gemütlich.

Am nächsten Tag möchte mein Sohn zur Sommerrodelbahn.

Mir gefällt das zwar nicht so gut, aber o.k.

Er hat ja schließlich Ferien.

Am späten Nachmittag machen wir uns auf den Heimweg. Mein Sohn hat Hunger.

Er wünscht sich gegrillten Käse.

Ich beeile mich, ein Feuer zu machen.

Ich denke an Valerie.

Nein, heute schaffe ich es nicht mehr zu schreiben.

Also kurz ein paar Zeilen, damit sie sich nicht allein gelassen fühlt.

Wir essen.

Später räume ich auf und bereite meine Sachen für die nächste Woche vor.

Ich muss verreisen.

Bald bin ich müde und gehe schlafen.

Am frühen Morgen erwache ich.

Es ist noch gar nicht hell.

Die Tage werden schon deutlich kürzer.

Ich schalte die Nachrichten ein und setze mich auf mein Standrad.

Um sechs bin ich im Büro.

Bevor der Trubel losgeht noch eine Mail für Valerie.

Ich bin nicht so schnell im Schreiben. Nur Zwei-Finger-Adler-Such-System.

Ich habe eine Besprechung nach der anderen.

Zwischendurch immer ein paar Zeilen für Valerie.

Am Nachmittag bin ich fertig.

Ich sende die Mail ab.

Da sehe ich:

„Freuen Sie sich über eine E-Mail von Sissi!"

Ich bin verwundert.

Ich öffne.

Und lese, Sissi möchte mit mir nicht mehr kommunizieren.

Das Foto ist auch weg.

Ich bin erschlagen.

Nach einem so emotionalen Verhältnis eine solche Reaktion!

Das habe ich nicht verdient.

Und diese blöden Dating-Systeme.

Man findet nur kaputte Frauen!

Ich lösche mein Profil.

Ich muss nach Duisburg.

Fahre mit dem Auto.

In meinem Kopf arbeitet es.

Was ist mit Sissi passiert?

Der Verkehr ist dicht.

Ich bin etwas abgelenkt.

Doch dann kommen die Gedanken wieder.

Was ist passiert?

Hat Sissi der Mut verlassen?

Hat sie ihren steirischen Tanzbären getroffen?

Oder jemand anderen?

Kann man mir aber doch mitteilen.

Warum auf diese Art?

Oder hat sie den Schriftwechsel einer Freundin gezeigt und diese hat ihr gesagt:

«Du bist verrückt. Einen Deutschen mit Kind, so weit weg.»

Oder: «Diese Tischgeschichten – der will dich doch nur einlullen.»

Meine Gedanken kreisen.

Ich erreiche Düsseldorf.

Checke im Hotel ein.

Bringe meine Sachen nach oben.

Gehe in die Bar, um noch etwas zu essen.

Da sehe ich: eine neue Mail von Sissi.

Ich gehe auf mein Zimmer.

Aktiviere meinen Anschluss über UMTS.

Lese ein Tagebuch von Sissi.

Aha, ich habe nicht geschrieben.

Kann doch nicht sein! Ich sehe in meine Outbox.

Nein, jeden Tag eine Mail.

Was ist also passiert?

Ich bin verwirrt ...

Und so fahren wir fort in einer bereits vertraut und intim gewordenen Konversation.

Irgendwie schelte ich mich als kindisch.

Als egoistisch.

Kleinlich.

Ja, herzlos.

Aber die Vorstellungs- und Möglichkeitskapazität scheint sich in dieser Art einer Beziehung zeitweise voll zu erschöpfen.

Und ich hege Zweifel, ob wir aus diesem virtuellen Traum überhaupt aussteigen sollten.

Er bietet doch ungleich mehr Schutz, als wenn durch ein Näheerlebnis alles nur noch schwieriger werden würde.

Neugierde und Verlangen auf Erfüllung der Tischgeschichten.

Und natürlich darüber hinaus auf noch viel mehr, auf der einen Seite.

Und Ratio auf der anderen Seite.

Wobei man bereits bei einem Wortvergleich, wenn man in diesen Erwägungen bloß die Buchstaben zu zählen gewillt ist, unschwer erkennen kann, dass das kurze Wort Ratio sich wohl gegen die Worte der Gegenpartei zahlenmäßig nicht würde durchsetzen können.

Also Weitermachen ist die Devise.

Hin zu unserem Einandermeeting.

Und „Sein oder Nichtsein" hier in diesem Fall sein zu lassen und nicht als Frage in den Internet-Love-Story-Himmel hineinstellen wollen.

Und den Herrn Shakespeare in meinem Inneren ein bisschen zu ignorieren versuchen.

Ich lese die Mails aus unserer Vergangenheit.

Und meine Seele ist wieder heil.

Und ich denke:

Wie ist es, in seinen Armen zu sein?
Wie fühlt sich das an?
Heute Nacht hatte ich wirklich geträumt davon ... sofern man in einem Traum Wirklichkeit erfahren kann
...
oder ist diese Wirklichkeit wirklicher als alle unsere Gedankenkonstruktionen?
Ich fühlte mich jedenfalls gut ...
unsagbar geborgen und geliebt ...
verstanden und getragen ...
und ich wurde von einer unglaublichen Ruhe erfüllt
...
es war herrlich, von seinen starken Armen gehalten zu werden ...

„Hob di lieb!"
Somit erfülle ich ihm einen Wunsch, im Dialekt zu reden.
Und dass wir Frauen kaputt seien, wie er dies bei seiner eigenen Seelendarstellung gemeint hatte, damit hat er ja gar nicht so unrecht.
Wir Frauen sind tatsächlich kaputt.
Kaputtgemacht durch einen Vater.
Kaputtgemacht durch einen Mann.
Kaputtgemacht durch konventionelle und gesellschaftliche Zwangsgebarungen ...
Kaputtgemacht durch Mehrfachbelastungen ...
Kaputtgemacht vielleicht in manchen Fällen auch durch Globalisierung ... zudem ... das Zauberwort ... Emanzipation ...
Und auch die dadurch entstandene Kehrseite.
Und um geliebt zu werden, sind wir sehr oft bereit, alles zu geben.
Und wir investieren dabei viel, um gar nicht selten im

Anschluss daran die Erfahrung machen zu müssen, dass wir dabei gar nicht auf unsere Rechnung kommen.
Und geringste Kleinigkeiten assoziieren diese alten Geschichten.
Traumatisieren nachhaltig.
Verlustängste tun dann das Ihre.
Angstvoller Rückzug als einzige Möglichkeit?
Nein, sagt der Therapeut.
Ja, sagt das Leben.
Die Tiere im Wald machen es doch auch so.
Die verstecken sich, wenn sie sich fürchten, oder?
„Allein mit dem Herzen sieht man gut.
Das Wesentliche ist für die Augen unsichtbar."
Ja, solche wunderschönen Gedanken sind dann oftmals in solchen angstdurchwobenen Augenblicken leider nicht nachvollziehbar.
Torsten meint ebenfalls, dass die Religionen mit ihrer Kontrollfunktion und ihrer Minderstellung der Frau gegenüber eine Hauptschuld trügen, gab es doch damals im 16. Jahrhundert tatsächlich Diskussionen darüber, ob Frauen überhaupt eine Seele hätten. Ja, das klingt wirklich schrecklich.
Islamische Frauen managen allerdings sehr oft genauso gut ihre Männer, das ist auch eine Seite.
Frauen sollten jedoch bei aller Gleichstellung das sein, was sie sind, und keine Männer kopieren, meint Torsten außerdem.
Weder in ihrem übermaskulinen Outfit, noch in ihrer übermaskulin ausgerichteten Denk- und Handlungsweise, was zudem sehr oft nicht Hand in Hand mit dem Aufziehen von Kindern ginge.
Und so weiter und so fort.
Er hat ja Recht, denke ich mir.
Paare würden auch viel zu schnell zusammenziehen,

ist er der Meinung.

Und offen müsse man sein für den anderen.

Und Verantwortung dürfe im Miteinader kein Fremd-
wort sein.

Und dass wir zumindest in der nächste Woche, wenn
wir uns treffen würden, einen siebenten Himmel er-
führen.

Und ich schicke ihm ein Gedicht:

sag' nichts

sag' nichts
sei einfach still
lass' alles
unausgesprochen

denn es gibt
keine Worte
dafür
sag' nichts
sei einfach still

lass' es
uns spüren

uns ganz allein
und alles
um uns
darf mit uns versinken

denn es gibt
keinen Zufall

sag' nichts
lass' es
ganz einfach zu

lass' es
geschehen
lass' es
ganz einfach sein

let it be .... oh, let it

Adored Valerie!

Let it be!?
You love the Beatles?
I still remember:

When I find myself in times of trouble, mother Sissi
comes to me,
speaking words of wisdom, let it be.
And in my hour of darkness she is standing right
in front of me,
speaking words of wisdom, let it be.

Let it be, Valerie, let it be, let it be.
Whisper words of wisdom, let it be.

And when the broken hearted people living in the
world agree,
there will be an answer, let it be.
For though they may be parted there is still a
chance that they will see,
there will be an answer. let it be.

Let it be, let it be, Valerie, let it be.
Whisper words of wisdom, let it be.

And when the night is cloudy, there is still a
light, that shines on me,
shine until tomorrow, let it be.
I wake up to the sound of music, mother Sissi
comes to me,
speaking words of wisdom, let it be.

Let it be, let it be, let it be, Valerie.
Whisper words of wisdom, let it be.

So i am looking forward to our Einandermeeting –
really at the end meet my Miaztoler Freindin.
An intense caress
Torsten

My adored Valerie!

Ich habe wieder von dir geträumt.

Wir wandern über Wiesen.
Es regnet.
Aber wir haben Stiefel an.
Plötzlich die Idee, sie ausziehen zu wollen.
Um mit unseren Füßen das nasse Gras spüren zu können.
Die Frische der Wassertropfen.
Das großartige Grün auf der Haut zu fühlen.
Doch plötzlich ein Wolkenbruch.
Wir beginnen zu laufen.
Aber wo um alles in der Welt sollen wir einen Unterstand herzaubern?
Da entdecken wir Heuschober.
Schwierig, da hineinkriechen zu wollen.
Aber wir schaffen es irgendwie.
Und nun liegen wir eng und feucht aneinandergeschmiegt.
Riechen den Duft des Heus mit all seinen in sich geschlossenen Sommerträumen.
Und so, geschützt vor dem Regen, beginnen dich meine Hände ganz sanft zu streicheln.

Sie treten die Reise unter deine fest an dich geschmiegten Kleider an.
Fühlen deine weiche Haut.
Und zelebrieren die besondere Zartheit deiner Scham
...
Ich werde besser innehalten mit meinen Details!
Wir werden ja bald die Machbarkeit diverser Situationen eruieren können.
Außerdem vermisse ich das Tatsächliche.
Weiß nicht, wie du riechst.
Weiß nicht, wie du redest.
Weiß nicht, wie du wirklich bist.
Und ich blicke wieder auf die Fotos von dir.
Das Venus-Foto ist für mich klar, darauf erkenne ich meine Venus in ihrer Gesamtheit.
Die anderen zeigen mir schon eine sehr korrekte, disziplinierte Lehrerin, wenngleich die Augen von einer gewissen Melancholie umspielt werden.
Alles in allem sehe ich eine Frau, die sehr bestimmt ihren Weg geht und die auch noch Träume hat.
Die Mails lassen außerdem eine Fülle an Gefühlen spürbar werden.
Bald werde ich die Antwort auf all meine inneren Fragen erhalten, denn wenige Tage trennen uns nur mehr von unserem Einandermeeting.
Und als Optimist glaube ich fest daran, dass wir eine großartige gemeinsame Zeit miteinander verbringen werden dürfen.
Let it be!
And: Let it be Valerie!
Und in Gedanken darüber fällt mir wieder eines von Theodor Storms Gedichten ein.
Gerade weil er aus Schleswig-Holstein ist, liebe ich

diesen Autor.

Natürlich ist die Liebe zu ihm eine andere als die zu meiner Miaztoler Autorin.

Immer wieder handeln Storms Werke von unerfüllter, auswegloser Liebe, da seine persönlichen Lebenstragödien hier offen zu Tage treten ...

Im 19. Jahrhundert war natürlich so manches außerdem weitaus schwieriger wie heute ...

But now the poem:

Morgenwanderung

Im ersten Frühschein leuchtet schon die Gasse;
Noch ruht die Stadt, da ich das Haus verlasse.
Drei Stunden muss gewandert sein,
Mein Lieb, dann kehr ich bei dir ein!

Noch schläfst du wohl; im kleinen Heiligtume
Bescheint die Sonne ihre schönste Blume.
Der Frühschein streift dein süß Gesicht;
Du lächelst, doch erwachst du nicht.

Und hoch durchs Blau der Sonne Strahlen dringen;
Hoch schlägt mein Herz, und helle Lerchen singen.
Jetzt scheint auch dich die Sonne wach,
Und träumend schaust du in den Tag.

Was konnt die Nacht so Süßes dir bereiten? –
Wie durch die Hand die dunkeln Flechten gleiten,
So sprichst du sinnend Wort um Wort,
Und halbe Träume spinnst du fort.

Die liebe Sonn', was hat sie dir genommen?
Hast du geträumt, du sähst den Liebsten kommen?
– Wach auf, mein Lieb! Schleuß auf die Tür!
Der Traum ist aus, der Liebste hier.

Ja, es tut mir leid, dass ich nicht deine Kreativität besitze und auf fremde Texte zurückgreifen muss, um dir meine Gefühle ausdrücken zu können.

Mehr als hundert Mails haben wir uns in der Zwischenzeit geschrieben.

Das finde ich, der ich bislang eher zu den Wenigschreibern gezählt hatte, allein schon großartig.

Du inspirierst mich auf gewisse Weise.

Und ich könnte dir unentwegt schreiben.

Tag und Nacht.

Dabei habe ich wirklich äußerst wenig Zeit.

Aber:

98 Stunden noch bis zu unserem Einandermeeting.

I send you many kisses, a firm hug and caresses.

Torsten

My beloved Valerie!

Ich liebe es, mit dir Arm in Arm zu schlafen.

Dich zu spüren.

Deinen Atem zu fühlen.

Now it is only around 78 hours.

I send you a long lasting longing kiss and caressing hugs.

Torsten

My adored Venus!

Ich ging zu Bett, schloss meine Augen und fühlte Valerie an meiner Seite.

Sie hat ihren Kopf an meine Schulter gelehnt.

Mein Arm liegt unter ihrem Nacken.

Die Hand berührt dabei ihren Körper.
Valerie hat ihre Hand ganz ruhig auf meinen Rücken
gelegt.
Und eines meiner Beine habe ich zwischen ihre Beine
geschoben, während ich sie mit dem anderen liebvoll
liebkose.
Und ebenso streichelt meine freie Hand, wo überall
sie meine geliebte Valerie erreichen kann.
Wir sind uns so unwahrscheinlich nahe...
Und auf einmal halte ich inne...
Ich habe wirklich ein Problem.
Wie riecht ihre Haut?
Wie ihr Haar?
Wie fühlt sich ihre Hautoberfläche an?
Weiß nicht.
Ich erwache aus meinem Traum.

Only 67 hours!
I kiss you from tip to toe
Torsten

Und er lässt mich außerdem teilhaben an seiner Welt,
die sich ganz anders als die meine gestaltet.
Als Privatmann an den Wochenenden, da kann ich
ihm in meinem Denken und Fühlen folgen.
In die übrige Welt kann ich es nicht, so sehr ich mich
auch bemühe. Da fehlen mir ganz einfach eigene Er-
fahrungs- und Vorstellungswerte.
my world
your world
our world
very different

Mein Gedicht für ihn:

staune nicht wenig

staune nicht wenig
wie gigantisch groß die Welt ist

so verwirrend verstrickt in ihrer
Businesskonstellation

erreiche leider nicht
dieses Mysterium mit meinem Denken

und all ihre materiellen und unüberschaubaren
Vernetzungsmuster

fühle aber

wie weit ich mit meinen Armen reiche
wenn ich sie um dich schlinge

und erkenne mit Freude

weite Täler der liebevollen Vertrautheit
und ein Universum einer nie enden wollenden
Lebensenergie

spüre voll Hingabe

die große Welt der Gefühlspalette
und die bunte Farbenpracht der
Liebensewigkeiten

Torsten,

fällt dir etwas auf?

Ich habe meine Punkte verloren!

Wirklich!

Sie sind alle weg.

Ganz plötzlich sind sie verschwunden.

Haben sich in ein Nichts aufgelöst.

Vor allem die Bodyguards unter ihnen.

Wo sind sie denn hin?

Wer hat sie mir gestohlen?

Torsten vielleicht?

Nein, das glaube ich nicht.

Aber wer liebt sonst noch meine Punkte?

Es muss Torsten gewesen sein.

Zuerst stiehlt er mir übers Internet das Herz.

Und jetzt auch noch meine Punkte.

Aber was sollte ich ohne meine Punkte auch wirklich machen?

Die brauche ich doch.

An die habe ich mich doch schon so gewöhnt.

Und auch die Abstände zwischen den Zeilen beginnen auf einmal immer größer zu werden.

Immer breiter und breiter.

Was sollte nun auch dies bedeuten?

Aber bald werden all die Zwischenräume, die bangen wie die euphorischen, ihr Ende finden.
Zählbar bereits die Stunden, wenn wir einander begegnen werden.
Und alle Sehnsucht hat dann vorerst ein Ende.
Und all die Angst.
Auf einen neuen Beginn steuern wir zu.
Your Valerie

Dear Valerie!

Ich habe dir nicht dein Herz gestohlen.
Und auch nicht deine Punkte.
Ganz im Gegenteil, ich bringe ein zweites Herz dazu.
Und all die Sicherheit, die bislang zwischen den Punkten gefehlt hatte.
But I just wanted to send some lines to my Valerie, telling her that we have less than 47 hours left to wait.
I am really excited!
Of course I will try to sleep with my cyber Valerie tonight. Dreaming that she will come true
very soon.
A big kiss and caresses all over.
Torsten

Liebe Miaztoler Freundin.

The pre-Valerie-era is going to be over.
Or to be exact. Cyber-Valerie will turn soon into a Venus of flesh and blood.
I am excited!
Only 32 hours left.

Oder um es kurz auszudrücken:
Morgen ist es dann so weit.

Tomorrow
The future
The beginning
The start
The outlook
The prospect
The potential
The expectation
The opportunity
The hope
The commencement
The opening
The launch
The foundation
The creation
The initiation
The introduction
The set off

Die Punkte mussten verloren gehen zugunsten der
Zwischenräume, die immer größer werden?
Nein, das kann auch nicht sein.
Die Zwischenräume werden ja eigentlich kürzer.
Oder treten nun anstelle der Punkte und der Punkt-
zwischenräume nun die Fragezeichen?
Treten an die Stelle der Verunsicherung nun eine
Menge an neuen Fragen?
Geht meine Valerie unter in einem Meer an nicht be-
antwortbaren Fragen?
Valerie! Valerie!
Ich hoffe, du hörst meinen Aufschrei!

Don't get lost for me!
Ich möchte dich jetzt kurz vor der Erfüllung der Wirk-
lichkeitswerdung nicht verlieren.
Und hoffe, dass meine imaginäre Venus zu Fleisch und
Blut werden darf.
I hope our cyber-love will survive the next 32 hours
and than become true!
A big morning kiss!
Torsten

My beloved Venus!

Just 1530 minutes left!
A longing kiss
Torsten

Denke unentwegt an unser baldiges Einandermeeting.

An meinen allerliebsten Fischkopp!

Mehr und mehr tauche ich ein in seine Persönlichkeit.

Er bringt mich in seiner sprachlichen Gewandtheit immer wieder zum Lachen, was ich generell schon für einen guten Start in die bevorstehenden Tage unseres Zusammenseins erachte.

Ein gelungener Anfang für einen spannungsgeladenen Neubeginn, so denke ich.

Vielleicht zukunftsweisend?

Naja, wir werden es schon sehen.

Vielleicht können wir einander gar nicht riechen!

Der Geruch sollte auf diesem Gebiet von allergrößter Entscheidung sein, habe ich einmal gelesen.

Das ist irgendwie evolutionär grundgelegt oder so.

Da könne man oftmals mit dem Wünschen und Wollen gar nicht an.

Das stinkt einem dann ganz einfach.

Ja, und zudem sei die erste Sekunde bereits ausschlaggebend für ein Ja oder ein Nein!

Er hat auf alle Fälle meine Punkte gleich zu Anfang wahrgenommen.

Und es hat ihn interessiert, wer sich wohl dahinter oder dazwischen versteckt hält.

Und er hatte es obendrein geschafft, nicht nur zwischen den Punkten lesen zu lernen, sondern auch sein Herz dabei einzusetzen.

Und so fühle ich mich von ihm sehr gehalten.

Virtuell.

Und ungemein beschützt.

Cybermäßig.

Eine starke Schulter zum Anlehnen?

Für mich und meine Buchkinder?

Der Badezimmerspiegel nimmt alle meine Fragen wortlos in sich auf.

Völlig unreflektiert.

Er genießt und schweigt.

In einer Stunde wird es dann so weit sein.

Bahnsteig 2.

In Bruck.

Ein Stück muss ich da noch mit meinem Auto hinfahren.

Ja, und einen Parkplatz sollte ich auch finden.

Lidstrich und Rouge wie immer.

Die Frisur ein bisschen sorgfältiger als sonst.

Nicht zu spät kommen!

Hastig blicke ich zwischendurch auf meine Uhr.

Was soll ich anziehen? Diese Frage habe ich mir schon am Vortag beantwortet. Nachdem der Wetterbericht nicht unbedingt Sonnenschein prophezeite, habe ich mir deshalb schon meine „vorteilhafte" Hose, meine neue Bluse sowie den karierten Blazer bereitgelegt.

Ach Gott, der zartgeblümte BH blitzt irgendwie ungut durch die gelbe Bluse!

Sollte ich vielleicht doch lieber den weißen nehmen?

Natürlich auch den dazupassenden Slip.

Alles in schönster Spitze.

Der Spiegel lächelt mir wohlwollend entgegen.

Ermutigt mich.

Also, alles wieder von vorne.

Doch, Scheiße, vor lauter Eile habe ich mir nun auch noch die Strumpfhose zerrissen.

Eh klar, das passiert einem ja immer.

Und nun wühle ich in meiner Strumpfkiste und zucke fast aus.

Kann das denn wahr sein?

Befindet sich nicht ein einziges intaktes Stück darin?

Na, doch!

Wurde auch Zeit!

Bald darauf bin ich kleidungsmäßig mit meinem Outfit zufrieden.

Der Spiegel zeigt sich allerdings unbeeindruckt ob meiner zerrauften Haare.

Also nochmals Bürste und Kamm in die Hand genommen und ein klein wenig toupiert, mit Haarspray darüber lackiert - und fertig!

Ein bisschen mehr vom Parfum der Marke „Exotik" als an normalen Wochentagen.

Die Reisetasche wartet zudem vollständig gepackt im Vorraum.

Ein Seidennachthemdchen kichert bereits recht aufgeregt und erwartungsvoll darin.

Was passiert, wenn der Fall eintreffen sollte, dass wir uns wirklich gar nicht ausstehen können?

Dann werden sich die drei Tage wohl sehr lange hinziehen.

Auf unserer Fahrt ins Blaue.

In die Berge.

Ins Ausseerland.

Zur Vorsorge habe ich mir ein dickes Buch eingepackt.

„ Liebe dich selbst und es ist egal, wen du heiratest", heißt es.

Ende

Eveli Mani
Frei! Frei! Frei!

Kurzbeschreibung

Ob Mittelmeerkreuzfahrt oder Thermenbesuch, zwei
Freundinnen hören einander zu, wenn sie sich Episo-
den aus ihrer schmerzvollen Vergangenheit, die tiefe
Spuren in ihnen hinterlassen hatten, erzählen. Ja, da
war bei beiden sehr viel passiert.

Augustine, die Ich-Erzählerin, hatte das Eingesperrtsein
in ein starres Lebenskorsett zu einer extrem schmerz-
haften, beinahe lebensbedrohenden Krankheit geführt.
Nachdem sie allerdings erkannt hatte, dass sie sich nur
selbst aus diesen tiefsten Tiefen ihrer Schmerzwelt he-
rausholen könne, beginnt sie langsam zu genesen. Sie
befreit sich aus festgefahrenen Denkstrukturen und
gewinnt damit zudem ihre innere Freiheit.

Roman
134 Seiten
Taschenbuch
€ 13,80
ISBN: 978-3-86812-126-1
Mauer-Verlag

Eveli Mani
Mein Orange

Kurzbeschreibung

Nachdem ihr alkoholkranker Mann gestorben ist, erklärt Margerita ihr Haus zur männerfreien Zone. Doch die vom Schicksal heimgesuchte Lehrerin und Kunstliebhaberin wird sogleich von zwei Männern umgarnt, zwei Männer von extrem unterschiedlichem Temperament und extrem unterschiedlicher Lebensauffassung. Hingezogen fühlt sich die verwitwete Mutter einer Tochter und eines Sohnes zu dem Air-Brusher und Motorradfahrer Gerald, den es allerdings nach anfänglicher Liebe wieder zu seiner Freundin führt. Trost findet die gebeutelte Margerita vor allem in ihren selbstgemalten Bildern, so genannten Seelenbildern. Sie setzt sich mit der Kraft der Farben auseinander, insbesondere der belebenden Wirkung des Orange, das immer mehr zur zentralen Farbe ihres Lebens wird. Mein Orange bildet den Auftakt einer Trilogie der Seelenbücher von Eveli Mani. Der Leser darf gespannt sein auf die Fortsetzungen Kopflos und Glaswelten.

Rezension:

dieses buch trägt zwar den titel "mein orange", ist jedoch ein farbenmeer vom strahlendsten gelb bis hin
ins tiefste schwarz.

die autorin erzählt ihre geschichte mit solchem wortwitz und so bildhaften beschreibungen, dass man von
der esten bis zur letzten seite an dieses buch gefes-
selt ist. man kann richtig spüren wie traurig, fröhlich,
nachdenklich oder verliebt die erzählende figur ist, die
sich durch höhen und tiefen ihres lebens kämpft.

es bleibt nur zu hoffen, dass die nächsten werke bald
folgen werden.

Roman
174 Seiten
Taschenbuch
€ 11,40
ISBN: 3865483151
Fouque - Literaturverlag

Eveli Mani
Glaswelten

Wie Glas, so zerbrechlich scheint eine menschliche
Seele zu sein,
undurchschaubar sehr oft in ihrer Vielschichtigkeit
und Buntheit und so grenzenlos individuell verletzbar
und doch auch heute schon im Leid und in der Fröh-
lichkeit in der Ewigkeit manifestiert.

GLASWELTEN ist der Titel eines der SEELENBÜ-
CHER von EVELI MANI, und ist ein Teil der soge-
nannten SEELENTRILOGIE, welche in recht berüh-
render Weise Einblick in die Gedanken- und Gefühlswelt einer Frau in den mittleren Jahren gewährt.

Roman
160 Seiten
Taschenbuch
€ 18,50
ISBN: 978-3-85251-453-6
edition nove

Die Autorin

www.evelimani.com

Wohnhaft in der Steiermark, bereits veröffentlicht:

„Mein Orange", „ FREI, FREI, FREI",
„Glaswelten" – Romane
Kurzgeschichten und Gedichte in diversen
Anthologien

*Gewidmet meinen Freundinnen, die sich immer wieder als
Testleserinnen zur Verfügung stellen und die mich zudem
ermutigen, meine Romane zu veröffentlichen.*